# 影子之舞

Shadow
Dance
—
Angela
Carter

［英］安吉拉·卡特 著
刘慧宁 译

四川文艺出版社

果麦文化 出品

# 一

这间酒吧是一座模型，一件赝品，一例假货，是广告商对西班牙式庭院的狂想。白色的墙上隆起轻脆的褶皱（仿佛老板为了省钱，用吃剩的三明治砌成的），墙上挂着无法弹奏的乐器，贴着纷繁多样的斗牛海报。四溅的鲜血、公牛肿胀的睾丸和身段灵巧的青年绷着黄色绸缎的傲慢臀部占据着画面。这座西班牙幻景花园里夜夜笙歌。不过为什么，这里会有黄铜马饰、船钟和烟熏橡木呢？难道是藏于骡筐翻山越岭走私而来？绿色地砖上，掉落的硬币和金属鞋跟奏起一曲钟琴乐。她进门时，高筒靴的鞋跟发出清响。

“莫里斯！”她叫道。

他若有所思地转过身来，继而猛然一惊，从她身前畏避，逃离她触碰他臂膀的手。

“你好——呀，莫里斯，”她说，她拖长的元音，如风穿松林的哀叹，“我就知道你会在这儿。”

“噢，上帝呀。”他心中默念，像在呼唤神助。

“莫里斯，要不要我请你喝一杯？你没钱吧？可怜的莫里斯，总是身无分文。”

他已经半猜半想地预料到，不得不与她重逢时，她的面貌会是怎样。然而，如此猝不及防的相遇，让他哑口无言、脑中空白，眼前只看得见她的脸。他怔怔地望着她，她也回望着他。乞求的目光，她是在用乞求的目光看着他吗？

她曾经是青涩的小女孩，软糯水灵，像从绘本中走出来的一样。她是那种你无法想象她上厕所、刮腋毛、抠鼻子的女孩。她白嫩如婴儿的脸蛋，嘴巴轻启，仿佛在等待她遇见的某个人、任何人、每个人塞进一颗糖果。

她有像挤奶女工那样的一头金色长发，棕色的大眼睛宛若婴猴，几乎要吞噬她的整张脸。那双眼睛呀，大得像童话里眼睛如车轮般大小的狗，木色如古埃及棺木上的眼睛，深色的长睫毛扫过半张脸颊。

她轻盈柔弱，娇小如鸟，皮肤几近透明。她举杯畅饮时，你会想她如何会有力气握住那巨大笨重的半品脱酒杯。酒汩汩灌下，你又会想起红酒从苏格兰玛丽女王的玉颈奔流而下时依稀可见的画面。一个月前，她还是如此美丽。这样的女孩怎会不美呢？

那道疤贯穿她的整张脸，从左眉角一路向下、向下，经过鼻子、嘴和下巴，消失于衬衫领下。疤痕泛着鲜肉的红，似乎稍一用力，就会皮开肉绽，鲜血直流，上面有缝针留下的紫色印记。那道疤不知怎的聚拢起周围的皮肤，串起一圈褶皱，像笨拙的半吊子裁缝粗手粗脚地缝了几针，就把她推开，说："这就差不多了吧。"疤痕将她的整张脸拉向侧边，即使避开那可怕的东西，她的侧脸依然可怖地失衡，皮肤、五官等全都偏离了骨头。

一个月前，她还是美丽的女孩，皮肤白皙、金发闪耀，如同雏菊蒙月光。此刻他注视着她破碎的美，无法停歇。酒吧里的噪音重击他的头颅，眼睛后的脉搏抽搐跳动，白色的墙壁围绕着他跳起华尔兹。天旋地转，他自觉将要晕倒，但终究还是稳住了自己。

从前她每晚都来这儿，只喝一点儿酒，半品脱就够消磨一夜。谦逊适度的半品脱酒，她会自己买，以彰显独立。她会以那杯酒占好座，接着在人群中翩然穿梭。当她轻盈地停在某人的桌边，露出胆怯、害羞、狡猾的一笑，说声“你好——啊”时，那坠落的尾音，恰如F.斯科特·菲茨杰拉德笔下的舞池浪女头晕眼花地堕入地狱。每个夜晚，她将情人们满满拥入怀中，像在草地上玩耍的粗心的孩子，将花儿、草儿、荨麻、蒲公英胡乱拢成一束，纷纷扬扬。

“她是一个炽热的孩子，一朵火红的花蕾。”蜂鹰割伤她之前这样说。所有烂俗的桥段尽数在她身上上演。她是飞蛾扑向的火，燃尽周遭，却不会吞噬自我。而如今，她的脸歪斜着，只要喝一大口水，或不小心笑得用力，咧嘴点一份“芝士西多士”[1]，数加仑的血就可能骤然爆出，将他们连同她自己，一并淹没。

“我钱多得很呢，莫里斯，你要是愿意我请你喝一杯。”

---

1　原文为“bread and cheeeeeeese”。——译注（如无特殊说明，本书注释均为译注）

她的声音如水珠滴下，是一曲无性的音乐，冷淡纯粹，词间分明。当你发疯着魔地如同身处旧世界的印第安酷刑时，另一滴水珠落下。但是，你无法对她闭上耳朵。过去她说话像个诱人的小机器人，曲折婉转的电音，任凭谁也无法抗拒。此刻，她的声音像恐怖电影里的女人，命已逝去，令人不安。

“来，我给你买上满满一品脱。”

“弗兰肯斯坦的新娘”[1]挽住莫里斯的胳膊，拉他至吧台，她亲密的触碰令他全身颤抖，他尽力忍耐、一声不吭。他努力想挤出一句话，一声问候。终于，感谢上帝，他发现自己还能喊出她的名字。她简单、直白的名字，足够打破沉默。

“吉斯莲。”

他身上那不幸的魔咒开始破除。他向来讨厌、憎恶她的名字，如今发现憎恶之情一如往常。吉斯莲(Ghîslaine)。她签名时会在“i”上标一个音调符号，报上名字时习惯发出“h”，像是在清喉咙。吉斯莲。堕落、虚伪的吉斯莲。他俯视着她的头顶，心中强烈的厌恶逐渐苏醒。

“我没想到，”舌头像受惊的法兰克福肠在口中翻滚，他努力让口齿清晰，“我没想到你已经出院了。”

“其实我今天才出院，莫里斯。”

她与人交谈时，总是念着对方的名字。她的话语是一份礼

1　指1935年美国环球影业公司制作的同名恐怖电影的主人公，是1931年电影《科学怪人》的续集，基于英国作家玛丽·雪莱的小说《弗兰肯斯坦》创作。

物，致一位特别的人，闪亮的红丝带扎起蝴蝶结，花纸包装得严密齐整。与她在夜间畅聊，就像接受精心为你一人挑选和包装的圣诞大礼。单是与她说话，你就能感受到她在骄纵你、热爱你、想要你。或者说，一个月之前是这样的。

“看，我有足够的钱请你喝苦啤。”

她从牛仔裤口袋里掏出一把花花绿绿的零钱，姿势透露出孩童似的骄傲，本应天真动人，可见多了早已不足为奇。

“看，我住院时省下这么多生活费。”她笑着解释。笑容真丑陋。

一股战栗沿着他的脊背蹿流而下，传遍全身，刚一消停，背部的肌肉又伴随着恐惧扭动、抽搐。为什么她如此坦然？就像是她去医院只是为了切掉脚上的一块疣或摘除扁桃体。她究竟是想从他这儿得到什么好处？

感谢上帝，已经没有地方让他们并肩而坐了。站在吧台前，不断冲撞的人流，让他们整整几分钟都处于令人满意的分隔状态中。他小心地嘬了一口啤酒，瞬间被一个恶心的想法攫住——这啤酒里有她的味道。

他正将她喝下，仿佛领受圣餐一般。她混合着体香剂的清新醒神的汗味，她为了让嘴唇看起来苍白而涂抹的粉底，避孕药的化学味道和她散发着性诱惑的体香，在他的唇齿之间似乎可以品到。那一刻，她赤身露体地在他身下疯狂扭动的记忆似鸽子回巢，纷涌而来。这种失当让他惶恐。他觉得这就像是在葬礼上勃起。他喝不下去了，迅速将酒放在一碗融化的冰后藏了起来。

“可不能吐呀。”他忧心忡忡。他料想自己也许会歇斯底里地惊声尖叫，胡乱扔起手边的东西。

她说：“多有意思。我入院的时候，春天都还没真正来临，枝头才泛了点绿，天黑得还早。现在都快夏天了，四处美极了，而且好暖——和呀。”

噢，那留恋的元音，好似亲密的爱抚，来自女巫的爱抚。

“精气正盛。”他的声音颤抖着。奇怪，为什么对她说“精气正盛”？她会怎么理解我的意思?

她的视线越过杯子的边缘瞥了他一眼，分享着不可告人的小秘密，她发出极具个人特色的标志性笑声——她肯定是全天下唯一能这么笑的姑娘。那种淘气的小女孩发出的胆怯、拘谨又无法压抑的咯咯笑声，青春、迷人又邪恶的咯咯笑声。

“她想装作什么都没发生，继续这么过下去。”他想。

然而一切都变了。酒吧里到处是她的朋友，可谁都不会和她说话，他们都知晓了（或以为知晓了）这道疤及其来历。他们都盯着她，却没有人和她打招呼。冷酷的后背同她擦身而过，尖锐的肘部向她戳去，每当她热切的棕色目光捕捉到某张半对着她的脸时，那张脸便立刻转开了。

这儿有大腹便便的奥斯卡，他在他的婚床上睡了她（在他妻子怀第三个孩子时，就像《欲望号街车》里写的那样——生活再一次模仿了堕落的艺术，蜂鹰常这么说）。还有亨利·格拉斯，她打破他自律的孤独，又将他抛弃于孤独中，留他虚弱地拾掇自己的碎片。还有棕肤的小布鲁诺，她勾搭他是出于好奇，他在此之前和之后都再没有过其他女人。就先说这三人吧。当他们察觉到她的眼神时，便立刻看向别处。

但是，他们全都在兴头上。酒吧里叽叽喳喳，传递着流言与揣测。他们全神贯注地谈论她，却佯装忙于自己的事，惊奇与紧张令他们颤抖。人们言语匆匆，神色透露着期待，猜测蜂鹰很快就会出现，这里即将上演一场对峙。真是一场好戏啊，一场好戏。

他们真龌龊。莫里斯感到恶心。在这股厌恶的作用下，莫里斯强迫自己面向她，最终几乎自然地聊起了无关痛痒的话题，比如温和的天气，他是不是要感冒头疼了，等等。当他觉得自己终于掌控了局面，她冷淡又甜腻地问起他的妻子。

埃德娜。噢，这个臭女人，竟问起埃德娜。他想起埃德娜红着眼睛、披散头发地呜咽着："你要是再接近那个女人，我会杀了她，因为我爱你，亲爱的，我爱你呀。"

此刻，他只是苦涩地想起那一次。就一次，白皙的胴体，金黄的长发在枕头上剧烈地蠕动，如同癫狂的蛇，他得以暂时拥有，却不值为此所付出的情感代价。眼前那一头金发正静静地从她的肩头垂至腰部。她侧身熄灭烟头，涌动、闪烁的金色发浪让她的背影宛若镀上了一层金，如一幅半身圣像。

埃德娜的头发是棕色的，了无生气的棕。

将近十点二十了。蜂鹰习惯在十点多来酒吧，这类的小怪癖，他有一两个。今晚他不太可能来了，时间已过。所以，不会有好戏看了，也不会有斗殴，可是人们的情绪却渐渐高涨。一只玻璃杯打碎在地，一个女孩哭喊着用指甲拉扯肥胖的奥斯卡，一个男人捂住嘴消失在男洗手间。

莫里斯也认为吉斯莲在这儿必定是为了等蜂鹰。她将戚戚哀泣，在众人面前闪着泪光，以之为食，滋养她羸弱的自我和可怜的小虚荣心。她苍白纤弱，四肢晃荡在乐施商店[1]的旧衣服中，像个火柴人。这里本会有一场情绪的狂欢，欢呼、眼泪和暴力为她而生，她也会因此而大大饱食一番。她问起埃德娜，是为她饥饿的小自尊赢得几块小养料。他决定表现得冷漠淡然。

"埃德娜很好，真的。只是今晚头疼又犯了，无法下床。"

"可怜哪！真不容易！"

他不由自主地瞥了一眼她的伤疤。他想那一定很疼。

接着，她说："那我呢？……别说你没注意到它。我从你的眼睛里就能看见，就像看镜子一样。真的很难看吗？就像你眼睛里映出的那么难看？我当真那么丑吗？"她仰起头盯着他，探过身来，近到几乎贴上他的胸骨。她的声音在耳畔回荡。

"我真有我担心的那么丑吗？疤看起来还是鲜红的，没有愈

---

1　乐施会（Oxfam），国际发展及救援的非政府组织，1942 年成立于英国牛津。其开设的乐施商店为慈善商店，售卖二手书、衣物等。

合，还有五花八门的并发症。我总忍不住揭下绷带看它，他们一次次把镜子藏起来，莫里斯，这很残忍不是吗？最开始，伤口甚至合不上，一直流着血和黄色的东西。”

他紧闭眼睛。“你要勇敢。”他说道，却发现她并未在听，便松了口气。她的心思早已游离，无法在任何话题上停留，甚至是她自己的伤痛。她的心并不平静，她也完全无法直面事实，那是她无法维持的姿态。

“不过，莫里斯，你倒是没变，”这句话似乎自然衔接着上句，“真有意思，就因为我自己变了，我竟觉得你也会变。”

“噢，吉斯莲。”

“你看起来依然像埃尔·格列柯[1]笔下的基督。不过当然，很多留着黑胡须的男人都像，特别是那些瘦骨嶙峋的，就像你这样，莫里斯。不过你不只如此，是你眼睛里的东西更像。可我不想直视你的眼睛，我怕看见里面的东西。”

“又来了。”他想。他伸手去掏香烟。一阵纯粹的尴尬刺穿折磨他的怜悯和未曾离去的恐惧。今晚，他享用的是一杯令人激动的那不勒斯冰激凌，有三种口味，这对他脆弱的胃来说过于丰盛了。一阵眩晕袭来，他扒住吧台，叹了口气。

“莫里斯，埃德娜还折磨你吗？我明白了，正是因为这样，

---

1 埃尔·格列柯（El Greco，1541—1614），原名多米尼克斯·希奥托科普罗斯，因其希腊血统而得名 Greco（希腊人），西班牙文艺复兴时期著名的幻想主义风格画家，擅长宗教画，画作以弯曲瘦长的身形为特色，用色怪诞、沉郁。

你才会露出那样的眼神，对吗，莫里斯？”

她向来是个让人难堪的姑娘。她会说：“莫里斯，为什么你的嘴像死人的嘴？”或者激动地说：“蜂鹰，为什么你总是在演戏？”她说话的方式野蛮粗暴，直截了当得令人震惊，就像周三下午家庭服务频道播出的中产阶级底层不幸婚姻的广播剧里，年轻的女孩扯着嗓子惊声感叹。她以为她的话令人惊讶，实际上她只是令人尴尬。

她会一边点烟一边闲聊：“我十三岁就失去了处女之身。”抑或是抱怨起前任伴侣的表现，询问你的妻子是否能满足你的性欲。当你以苍白无力的微笑回应她时，她会将之视作震惊和苦恼，发出她标志性的咯咯笑声。她还会描述她痛经的经历，他想起，她曾绘声绘色地讲述治疗阴道分泌物的整个过程。

这道疤像劈开冰块的巨大的红色裂缝，似乎会突然裂开，将她吞入自身，她会尖叫着陷入其中。她没有留给他时间回答，甚至没有允许他发出他惯常的出于震惊的沉默——从前她总是会的。她立刻将话题转回自己的不幸。

“住院太糟了。我和几个老奶奶同住一个病房，她们病入膏肓，不断絮叨着年轻时有多快活。莫里斯，那真让人难受。”

面对精神错乱、伤痕累累的吉斯莲，他用尽力气想将怜悯拉回情绪的高地。她没有意识到自己在说什么。

“话说你今晚有地方住吗？”他问。

“莫里斯，我能和你回家吗？你是这个意思吗？”

“不是——噢，不是，我不是这个——”

“莫里斯，我们能做爱吗？就像上次那样？埃德娜要是病了，她不会听见的，如果我们在前厅——”

“吉斯莲，请别再说了——”

“就这么可怕吗，我有这么可怕吗？”

“打烊了。”老板说。灯灭了。不负责任的莫里斯。冷酷无情的莫里斯。快跑吧，莫里斯。他坐不住了。他和灯光一同消失。在突然遁入黑暗的时间缝隙中，他悄无声息地溜走，潜入像流体一样的幽暗之中。他靠着墙喘息了一会儿，仿佛经历了一场长途跋涉。一辆敞篷车驶过，满载着喝酒大笑的年轻人，他不认识他们，可他讨厌车上的每一个人。

“真希望你们出车祸！”他在后面喊。一个男孩听见他的话，转身向他砸了一个酒瓶，却没有砸中。又一阵笑声，汽车消失了。酒瓶在莫里斯脚边的排水沟里摔得粉碎。他目瞪口呆地盯着玻璃碎片，感到难以置信。棕色的液体渣滓流得到处都是，在灯光下闪闪发亮，像一群鞘翅闪亮的甲壳虫受到惊扰，快速爬过石头。

“他们是冲我来的。”他想。

他感觉那酒瓶在他脸上砸得粉碎，他举起手摸了摸划伤的额头，困惑又惊讶地发现指尖并未沾到血迹。为什么没有呢？在意图与实际行动之间的形而上腹地，有人朝他脸上砸了个酒瓶，一宗偶然的暴力事件。显然，在外星云存在着一个维度，也许在那里意图总会被实施，在那里此刻他正蹒跚而行，血洒路缘，双目失明……他一边走一边恍惚着，似乎像她一样有了一道伤疤。

这是个不同寻常的浪漫之夜。他一直在意着那道隐形的伤疤，起初并未留意这夜色。隐秘的深蓝色天空，胸口镶着绸缎似的白月，行道树丰满性感的影子与黑影并肩而行。莫里斯悄然行走其间，脚步发出不易察觉的细微声响，仿佛他是世界上最后一个活人。踢踏、踢踏，他的脚步，一声、两声。

他幻想只剩他一人独活，旁人都已死去。幻想滋长成笃信，隐形的伤口愈合而消失。空荡荡的房子在他看来如岩石、如悬崖；路边停着的车，如深海生物弃置的壳，像鹦鹉螺或是巨大的海螺。这时，一只躲在树影中的猫头鹰咕咕地叫了起来，令他顿生苦恼。他在想，是否该让这只猫头鹰活着。猫头鹰又叫了几声，穿行而过的孤寂声响，似一列火车驶去，渐行渐远。

某个破旧的露台上，一扇百叶窗后发出一记回应的啼鸣。接着，一连串的鸣叫响起，起初踌躇着、犹豫着，最终坚定地趋于一致。一个还没睡的小孩站在卧室窗边，模仿着猫头鹰的叫声。孩子和猫头鹰严肃地对着话，彼此虽无法理解，却有外交似的仪式感，好似使者。

那么，有只猫头鹰是活着的，还有个孩子，莫里斯不再假想所有人都死了。真可怕，他回到了真实的世界。

她。她应该已经发现他走了。又怎样呢，这与他有何相干？

他不在意她之后经历了什么、最终找谁来慰藉自己，倘若能找到的话。夜晚清新的绿色气息在他周围流淌颤动，凉意沁至骨髓。他听见身后有脚步声，心中一惊，难道是她——复仇女神——追上来了?

他经过闭锁、荒芜的墓园。蜂鹰说他就是在这里发现了她，身上受了伤，凄惨地哭着。她穿着光面的黑色雨衣，雨衣被人撕开，衣下一丝不挂。暴力的赤裸，她像个被剥了皮的橙子。然而，这些都是蜂鹰的谎言。在莫里斯被玻璃碴刺瞎眼睛的时空里，她就躺在那儿，在茂盛的草地上，满脸是泪，浑身是血。灌木丛中一阵窸窣，他的心脏停跳了一拍。一只猫而已，从馥郁的丁香中跳起，在墙头立住，朝他啐了一口。

他路过一家疗养院，他的妻子可能会在此生产，倘若她能如愿怀上孩子。他又经过公园，未成年爱侣在杜鹃丛中呻吟、扭动，四周是散落的垃圾和狗屎。之后，炫目的城市光景在他脚下呈现，陡峭的山丘一路下滑，止于缎带似的河水。

虽然刚刚在焦虑中目睹了幻象和鬼魂，但是此刻他确定吉斯莲没有尾随。他可以回家了。家。在一座破败老房子的高层，埃德娜躺在昏暗的房间里，像大理石板上又扁又薄的鱼片。门打开了，灯光从狭窄的门厅洒入，传来她的一声叹息。

“对不起，对不起，亲爱的。”

她苍白的脸色，只比枕头深一度，两者混淆，他只能依稀辨认。他敷衍地问了问她感觉如何。

“噢，还好。”她在撒谎。见她隐瞒病痛，他心中莫名有些气恼。“还好，真的，”她说，“玩得开心吗？”她的声音像鬼魂一样幽暗，微弱纤细，携着悲伤断续飘来。

“不太开心。我……在那儿遇到了……”他的声音渐渐消失。他决定不告诉她吉斯莲的事，现在不是时候，等她好点再说。那时，到那时，她会理解吗？

“莫里斯，可以帮我泡一小杯咖啡吗？黑咖啡。”

他沮丧地意识到，她根本不在意他去了哪儿，和谁说了话。她病得很重，头痛像沉重的巨人站在她头上，偶尔还会穿着带金属长钉的靴子上蹿下跳。然而，她还是努力表现得对他的事感兴趣，她是个好妻子。再说，若不是她更在意他的行动和感受，而不是自己的需求和感受，怎么会请他帮忙呢？

“噢，好，”他微弱地回应，“没问题。”

他将咖啡粉舀到两只杯子中。打开煤气时，他想：“总会有办法的。”他曾幻想这样的画面：早晨，埃德娜走进煤气弥漫的房间，一边咳嗽一边用手驱散空气，这时她发现他蜷缩在地上，躺在一摊呕吐物中，脸色僵紫。他打着火，水壶下的燃气发出强光，呜呜作响，强烈得令人不安，像一头巨龙在昏暗的厨房里打鼾。咖啡冲好后，他心情好转。关掉煤气，他又是一个人了。埃德娜想用咖啡冲服阿司匹林。

“亲爱的，请帮我拿几片阿司匹林……谢谢，亲爱的。”

他们习惯彼此之间用爱称，也习惯使用别的礼貌用语。比如，她一再感谢他冲了咖啡。他支撑起她虚弱的身体，让她得以捧杯吞饮。她棕色的头倚靠着他的肩膀，轻如枯枝。

过了一会儿，她开口道：“莫里斯，亲爱的，蜂鹰来过。留了句话，他要去伦敦了。”寥寥数语，缓慢又沉重地一字字吐出。她头痛时，说话异常小心，就像在结冰的路面上行走。

“噢，噢，怎么会这样。他有说会住在哪里吗？”

“没有。”

“那去多久呢？”

“也没说。”

“噢，天哪。”

“亲爱的，对不起，请不要喊叫——我的头……”

“噢，对不起，我忘了。你知道，我有一阵子……不想去店里了。现在蜂鹰不在了——难道他也没说会去多久？”

“没有，什么都没说。”她叹了口气，游丝般的声音透露出她长时间忍受的疲惫。他再问下去就太残忍了。

“他，他还说了什么？”莫里斯愤怒地想，蜂鹰肯定是知道吉斯莲回来了。蜂鹰背叛了他，留他独自应付这局面。一句话，他想杀了蜂鹰。

“莫里斯，亲爱的，他只待了一会儿，他只说要去伦敦，只待了一会儿。”她的声音里透出责备，他烦扰到她了。

“当然，当然，但是——”

“噢，莫里斯，别问了！拜托！”她转过脸去，让他别再说了。他是个混蛋，一头冷血动物。在他心里，她无足轻重，她的病也无所谓。

他内疚地端着自己的咖啡来到客厅，小心地关上门。粗草垫将他绊倒，长藤椅旁的一摞书“砰”地散落一地。他惊住，想象着这每一下动静在埃德娜颅中纤薄的回响板上被放大至难以忍受的程度。她并没有喊叫。也许已经睡着了？或者，她担心自己一旦表现出有力气喊叫，就会被他继续质问？

他突然焦虑地环顾房间，仿佛这是陌生人的家。白墙，抛光的地板，一幅粉色背景橙色图案的画——他匆忙移开视线，转向墙角的书架。墙角挂着一盏灯，蒙着红色的灯罩，低垂着头。他无法将目光从书架上移开。

他愧疚地在房中蹑手蹑脚，缓慢又勉强地侧着身子，忐忑地回望身后及四周，好像害怕有人盯着他。他恐惧得发抖，一会儿担心埃德娜无声无息地下了床，看见他在做什么，虽然这种可能性微乎其微；一会儿又害怕吉斯莲从黑雾中现身，为他将要做的事而轰他下地狱，而这更不可能。

他从书架上拿了一本书，是十二卷《法兰西第二帝国史》中的一本。他和蜂鹰一度想专门做二手书生意，在一次拍卖会上以令人咋舌的价格拍下了这套书。当时他们喝了茶，兴致正高。莫里斯知道埃德娜甚至从未摸过其中任何一卷的封面，当然也就更不会注意到拿破仑三世棕褐色的黑白照[1]旁，有个折起的黑皮红衬信封，里面装着一沓吉斯莲的照片。

照片是她和蜂鹰花了一下午拍摄的。在蜂鹰和莫里斯合伙开的店铺上方有个房间，窗子被蒙得严严实实，从各处搜罗来的一些电灯，聚焦于一张亮闪闪的黄铜床。遍地散落着电线，他们屡屡被绊住，大声喊叫中，拍摄一次次中断。那是十一月，煤气的火光打着嗝儿，放着屁，拍摄的间隙，她赤身露体地蹲坐在炉子圆锥形的火光前，臀部有或紫或红的斑驳印记，像是要把自己献祭给热能先生。每摆完一个姿势，她都会瞥向两位男士，露出探询的目光，无声地问道："我够野吗？"她的脸蛋甜美白皙、天真无邪，好似冰激凌。

蜂鹰喜欢戴上假鼻子、假耳朵和吸血鬼塑料假牙。在多张照片中，蜂鹰做出猥亵的样子，他戴着平时一贯戴的墨镜，假鼻子、假耳朵、吸血鬼尖牙等各种道具轮番上阵。两人怂恿着莫里斯加入，莫里斯却拒绝和她或他们同框，他害怕埃德娜有天会发现这些照片。蜂鹰狠狠嘲笑了他，他依旧坚持不拍。

吉斯莲不知疲倦地扭动、伸展着身体，用稀奇古怪的首饰装扮自己。蜂鹰偶尔消失片刻，回来时怀里抱着一大堆从店里拿的新玩具：军靴，锦缎宽檐帽，犀牛皮做的鞭子，叮当响的马刺，牡鹿头，还有一匹从废弃环岛偷来的镀金木马，颜色已

1　早期黑白照片呈棕褐色，并不是因为褪色而泛黄，而是防褪色处理技术形成的色彩。

斑斑驳驳。他们一同骑在马背上，她的笑声，那春天似的咯咯笑声，一阵阵迸发。

两具美丽强健的年轻胴体，有着某种奇异、超现实的美。莫里斯无法将这些照片中的她，与记忆中那火热的肉体联系在一起。“记住我们终将死去。”[1]他对自己说。他的脑海深处飘来一句话：“‘不过，那是在另一个国家，那女孩也已经死了。’是谁说的呢？”

他思忖着，出于得体，应该将这些照片全部烧毁。不过她会希望自己以本来的面貌留在世人的回忆中——但是，“得体”又下令销毁她。再说，现在也烧不了，正值夏季，壁炉已经拆卸，那里摆着一大瓶晒干的峨参，抑或是绣线菊。莫里斯想不到有什么办法可以在不打扰埃德娜的情况下生出一堆火。

终于，他开始四处寻找一瓶印度墨水，想用墨水盖住照片中她的脸，做成报纸上囚犯照片的样子。他想这样应该就没人认得出她了。但是，当他拿起笔时，他不自觉地开始以精细小心的笔画，将每张照片中的她都画上一道自眉毛延伸至肚脐的长疤。他一边画，一边疑惑自己为什么这么做。这似乎是出于报复，可他从未觉得自己是个有报复心的人。他一刻不停，直到全部画完。看着散落在脚边的照片，等待着墨迹干透，他的胸中充满对自己的厌恶。

---

1 *Memento mori*，拉丁语，是一句贯穿古希腊哲学至基督教文化的谚语或艺术主题，体现该主题的有虚空派绘画（Vanitas）。

“阁下，我不知道自己怎么了。”他向看不见的法官陈情，法官控诉他犯下猥亵罪。他现在只能再把照片收起来。

疲惫袭来，他躺在藤椅发霉的垫子上，伸手去够咖啡。咖啡冷了，太咸又太甜。刚喝下一口，蛀牙便尖叫着抗议，他只好将杯子放在一边。此刻，他甚至连喝咖啡的惬意都无法拥有。他很疲倦，疲倦极了，感觉眼睛在缓缓闭上。

“我不该睡着，”他想，“我应该醒来，想想该做些什么。一定有什么是我可以做的，以解决她的事。”

但是他已精疲力竭，黑色的睡意潜入他的身体，他就这样趴在垫子上睡着了。刚睡不久，他又从噩梦中惊醒。他梦见自己用锯齿状的玻璃碎片割她的脸，鲜血在她的胸前奔涌，那血不只有她的，也有他的，从他被割下的头颅中流出。一屋子的人看着他们，时不时地鼓掌，像在欣赏板球比赛。他发现蜂鹰和埃德娜也在观众中，两人都点头微笑。之后，他和吉斯莲出现在他床上，她的头在枕头上滚动，金发褪成棕色，像是枯萎了。再之后他看见自己将埃德娜剖开，鲜血四溅，她身上以及他手上、眼里和嘴里都是血。一个声音不断地重复：“血太多了。”过了一会儿，他意识到那是自己的声音。

他醒来，出了一身冷汗。月已西沉，房间里一片漆黑。他心跳得很猛，几乎要震塌内心最深处的地基。他绝望地想：“蜂鹰走了，我可怎么办？”

转念他又想：“我就这么没用吗，没有蜂鹰或其他人帮助，我就无法面对任何事？”他沮丧地承认也许的确如此，也许他就是无能、无助、无用，像他店里的那些破烂一样。

他想起自己的店铺，里面堆满了垃圾和废物。坏椅子，缺了口的陶器，成堆未读、无法再读的书籍，被丢弃的、腐烂破旧的、被蛾子蛀了的破烂，凄凉地陈列在那里。“我是，”他沮丧地想，“一个二手男人。她现在是一个二手女人。”

他们会把她放进橱窗里，让她躺在毯子或坐在沙发上，肚脐用透明胶带贴上标签：九成新。在她身旁，摆着一团圆拱形的不凋花。时间久了，灰尘如雪花降下，渐渐遮住她的面庞。老鼠会在她的内脏做窝（就像在三角钢琴里那样），没有人会驻足看她一眼，只有一只漫不经心的狗停下来，抬起一条腿对着墙壁撒尿。还有他本人，焦虑地注视着店里的橱窗，检查她是否动过。

他的店，他那无可救药的店。埃德娜有时会可怜兮兮地告诉初次见面的人，她的丈夫从事古董生意。他因这微小的掩饰而受伤难过。他为她伤心，甚至想更加呵护她。但有时她又会说“他是画家”，这取决于她对谈话者性情、人格的评估。这时，莫里斯会感到被背叛似的孤独无助，甚至想要恨她。他的确会画画，也确实画了些画。可他的画技很差，也对自己的水平心知肚明。他想成为画家的欲望，及自知不会成为优秀画家的事实，时刻埋藏在心中。这是他的秘密，致命的秘密，她却将此——只是天真地想炫耀——宣告整个残忍野蛮、冷酷无情的世界。

他思画家所思，梦画家所梦，将自己定义为一名画家。他自然而然地把吉斯莲理解为一幅画的主题，一幅弗朗西斯·培根[1]的骇人画作，以鲜肉来象征人类恶心的境遇。这样想的话，她就缩小了，缩进艺术望远镜颠倒的一端，小到他可以驾驭。他只是如此构思，却从不付诸实践。要是真画了，就证明他只是拿她当一件东西，而非一个人。

每当在画上签上自己的名字，他都会有一种反抗和兴奋的快感，仿佛在向全世界发起挑战。接着，他突然一震，意识到这姿态连同这整件东西都不值一提，他便将这幅颜料未干的画作面朝墙壁，堆放在店里某个房间里。画一旦完成，他就无法再看。然而埃德娜，可怜的、不明就里的埃德娜会选出一两幅造型和色彩她喜欢的，不管他如何乞求，坚持带回家挂在墙上。也许她将此视作某种可见的证据，证明她为这些画所承受的苦难。因此，看着那幅粉底橙图的抽象堂而皇之地挂在墙上，他将其视作对自己无能的控诉，尽管这画给妻子带来了安慰。

她以他为荣，希望他做个画家。她的信念纯粹彻底、令人动容。她甚至不惜去学了一些画家圈的行话，不加区分地向形形色色的人道来，让他难以忍受。可他终究不忍心阻止她，或让她摘下家里的画。她的生活几乎没有什么乐趣可言，唯一的

1 弗朗西斯·培根（Francis Bacon，1909—1992），英国画家，画作人物形象扭曲，色彩和笔触恐怖、荒蛮，充溢着情绪，数次出现鲜肉的意象。

乐趣是逆来顺受地忍受他的情绪和无爱，因为只有她能看见他的本我。她究竟为什么爱他呢？为什么要出去工作赚钱来养他？为什么要辛辛苦苦把家里打扫得一尘不染（壁炉里摆的植物，手工拉坯的陶杯，缝着花边和蔷薇图案的毛巾，以及精心补好的他的袜子）？为什么？为什么呢？

从什么时候开始，这屋子里流淌着她的血？

（还有他的血，吉斯莲的血。他怀疑自己是否会在血河之中溺亡。）

# 二

他终究还是活过了那个夜晚。翌日，清晨闪亮如一枚崭新的硬币。他决定今天不去店里，而是去拍卖会。做一个决定，哪怕是这么小的决定，也让他放松下来，他怀着轻松愉悦的心情买了烟，和店里的男人自在地聊起天气。他在店外徘徊，沐浴着春日清新和煦的阳光，微微发汗。他吸入一大口迷醉的烟，慵懒地扫了几眼告示板。上面有一张特别的卡片："十五岁女孩寻马术教师，自备马裤。"烟草店主以三便士一星期的价钱，让这条广告两年来都占据着最显眼的位置，如今卡片早已泛黄。莫里斯对这个女孩产生了转瞬即逝又令他困扰的幻想：一位娇喘湿唇的早熟少女，提早发育的胸部高高隆起，挥舞着马鞭叫喊："再快点！再快点！"而他的妻子从来不会叫喊。

他还看到了收养猫咪的告示：纯黑的，黑白的，虎斑的。埃德娜会喜欢猫吗？她会把猫当作孩子的替代品吗？长久以来，她都盼望着能有个孩子，或者不如说（她经常这么说）能有个他的孩子。猫可以让她有个对象施展爱意，女人都爱毛茸茸、笨笨的小东西，它们迈着急躁、孱弱的小腿蹒跚着，提着蛮横、高分贝的嗓子索求着爱。他期盼能有一只毛茸茸的可爱猫咪，将她的一部分爱意从他身上抽离。

他知道，如果生活不曾改变，埃德娜这样的女人会将心思和灵魂倾注于猫咪。如果他没有娶埃德娜，她会日渐衰老，成为与猫为伴的老处女，房间的角角落落摆满了牛奶碟、鸡肉碟，空气沉重难闻，弥漫着猫尿味，地毯上覆盖了一层飘雪般的猫毛（黑的、黑白的、虎斑的）。那就给埃德娜领养一只猫吧。埃德娜。埃德娜的身影意外地在他脑海中浮现。一抹阴影穿过太阳。

她还没怎么恢复，眼周有一圈黑眼圈，像默片喜剧演员。当他沉溺于罪恶的睡眠中，她已拖着身体前往卷烟厂的流水线。她会及时到家给他准备晚饭。想到她病了却毫无怨言，他突然一阵狂怒，踩灭吸了一半的香烟，可下一秒又被悔恨攫住，他正在无端挥霍她辛苦赚来的钱。除了他，还有谁知道这钱是多么辛苦赚来的？

拍卖会举办的场所在爱德华时代曾是一家百货商店，如今只剩残躯。高耸的细柱冠着日渐褪色的镀金叶花环，暗示着这堆破烂曾经的雅致，黏着虫卵的长镜不知为何被弃置在黑暗的角落，冷不丁地你会被镜中自己斑驳的倒影吓到。这里安静昏暗，令人舒心。莫里斯急切地吸着灰尘、贫穷和寿衣的气味。就算被蒙住双眼，他也能辨别出拍卖会的味道。他爱这味道。

他热爱破烂，热爱在他人生活的废弃残渣里，用鼻子探寻这样那样的残羹冷炙。当遇到一堆无用的废弃物，他会像狗舔大骨头那样，满心欢喜地撕咬、玩弄，直到榨干每一滴愉悦和油水。黑夜是他生命中的黄金时段，蜂鹰开着面包车，悄悄带他前往市政府准备拆除的无人老危房。忽明忽暗的烛光下，他们在这些无生命的废料中搜寻翻找。

“今天没什么特别的。”穿着白色工作服的看门人说。人们每晚都会见到这位长相普通、肩背强壮的悲观者，在两栋建筑后面的隐秘酒吧喝光他身上的小费和赌金。莫里斯很高兴能和看门人达成秘密协定，因为这相当于外界认可了他古董商的身份。今日，他就是一位古董商了。这是另一个决定。

“那可说不定。”他尽可能以专业人士的姿态板着脸回应。他在地上的陶器堆中爬行，翻开每一件缺口的茶杯或无盖的盖碗，检查底部的印记。

突然，他在一堆变形的炖锅里发现了一些色彩鲜亮的石膏地精。地精的脚被散开的塑料晾衣绳缠着，仿佛有人将他们套住，桌下的地精底部残留着草渍。一个地精坐在一朵伞状的石膏蘑菇上，开心地傻笑着；另一个坐在亮丽无比的巨大黄色塑料水仙上，残忍地抓着一只石膏蝴蝶，脸上露出虐待狂式的恣意笑容；第三个推着石膏手推车，上面装着惊人的宝藏（破碎的茶壶盖、塑料衣夹等）；第四个以狄俄尼索斯[1]的放纵姿态瘫在石膏做的草地上，一副颓废的模样，石膏肘部支撑着身体。地精的身上涂着鲜艳粗糙的颜料——红外套，绿裤子，配上一

1　狄俄尼索斯（Dionysus），古希腊神话中的酒神，代表生命力、迷醉、放纵，痛苦与狂喜交织的非理性状态。

从庄重的白胡子，从黑色帽尖到棕色高筒靴头，全身的颜料闪亮如新。

莫里斯想，是怎样的家庭变故让人不惜变卖花园里的石膏地精呢？这是世事难料的一例可怕的证明。世事难料，拍卖场的女神，指尖沾满灰尘，一位领养老金的女神。她统治着加了半包糖的炖菜，剩下的那半包糖不会再有人用了；统治着积着水的白色茶壶，上面蓄着棕色的陈年茶渍，是故去的女人泡茶积下的，那女人穿过的碎花围裙，棉布上的碎花已枯萎死去；她统治着人类生活中脱落的碎片。

他从托盘上的刀叉里拾起一把折断的锋利小刀。刀柄被几代人的手指磨出了凹槽，这把刀在某个家里肯定曾有某个专门的神秘用途，这一秘密如今已被永久掩埋，只能略猜一二。刀子是专门用来切铁一样硬的帕尔马干酪，还是用来开牡蛎？在过去的好日子，每个工人的牛排腰肉布丁里都会有牡蛎。或者是周六晚上，喝得烂醉的父亲解不开倔强的鞋带时，用这刀子来割断？没人会知道了。

一张张轻微塌陷的床，是河流一样的男男女女经年累月拓印成形的。一沓沓照片上，亲密的情侣穿着过时的衣服，在被人遗忘的夏日，在托基[1]或什么地方微笑着。内页上签着爱意赠言的书，如今等待出售——逝去的爱等待出售。在这样希冀衰

1 海滨休闲胜地，位于英国德文郡。

颓的气氛中，莫里斯感到轻松自在。他捡起一只白色的小罐子查看，罐子上印着一张古怪的脸，在罐口之下，露出不怀好意的神情。这时一只沉重的手砸在他肩膀上。

“莫里斯，条子会盯上你的。放下它，放下吧。小伙子，这对你来说代价太大了，何况你又能卖给谁呢？”胖子奥斯卡笑着说，手指几乎要碾进莫里斯的肉里。

“那可说不定。”莫里斯答道。他转身走开，那人却摇摇晃晃地跟上了他，依然笑着。奥斯卡总是在笑，他却似乎很少被逗乐。莫里斯怀疑他肚子里也许有一台大笑机器，二十四小时开着，用电力模拟欢乐。“他的肚子放得下，”他想，“还住得下一个侏儒，一个侏儒技师在那儿给他照看机器。邮差可以从奥斯卡的肚脐将小小的信件塞入……”

“小伙子，留给行家吧，留给行家。”

莫里斯还神游在他的美梦中，一下子没明白奥斯卡为何这么说。过了一会儿，他才意识到这个胖子是在嘲笑他。

“我难道不是行家吗？”他大为光火，艰难地维持着穿麂皮外套和切尔西靴的儒雅古董商形象。

“你还在熟悉业务。”

“我已经开店两年了，现在——”然而看到对方轻蔑的神情，他放弃了。奥斯卡不屑地耸耸肩，结束了这个话题。他向莫里斯靠近，像一头公犀牛在分享秘密，发出贴耳才能听见的低吼。莫里斯惶恐地颤抖着。

"她昨晚为什么和你说话？"奥斯卡问道，声音低沉，语气急迫。

莫里斯深吸了口气，将罐子放在两套蓝色杯碟和一只破了的中式碗旁。他上下摩挲着碗上猩红色的龙，以极冷静的口吻评价道："多诱人呀！真喜欢这只碗——看看这条蟠龙。那些杯子很可能是早期的斯波德瓷器[1]。"（他紧张地想："我是不是演得太夸张了？"）

"告诉我，为什么？"奥斯卡再次发问，完全无视这位古董商的表演。

莫里斯叹了口气。"我不知道。我什么都不知道。"

"她为什么没报警？"

"我怎么会知道？"

"你之前跟她走得很近。"

"你也一样。"一时间他们面面相觑，又立刻同时别过脸去。

拍卖商坐上他的厨房椅，喝了一口玻璃杯里的水，清了清喉咙做好准备。鱼龙混杂的人群围绕着他，像是簇拥着在露天布道的牧师。莫里斯和他的同伴顺势围拢过去，混入人群：这儿有拎着美国购物布袋的、满身炸鱼味的老太太（天知道来买什么）；有前来砍价的家庭主妇，一个个铁面精明的样子；有手拉着手、紧张地布置新家的年轻情侣，神情鬼鬼祟祟的，就像是脖子上挂着标语：我们在为同床共枕做准备。还有高傲自

---

1 斯波德（Spode），英格兰最古老的陶瓷公司，以发明骨瓷闻名于世。

大的古董商，小声嘀咕着秘密情报，声音像是沙沙地数着五镑钞票。

缓慢沉重的语调中，冗长的陈述开始了。几分钟后，莫里斯发现自己几乎是意外地以二十五先令拍下一个玻璃盒，里面是羽毛渐渐脱落的鸽子标本，似乎很便宜。他之所以对这件拍品感兴趣，是因为没人想要。奥斯卡在一旁笑得前仰后合。

“没想到你竟然会买这种破烂！”他用粗壮的食指嘲弄地戳了戳玻璃盒。盒中的鸟儿站在齐膝的羽毛中，看起来死得透透的，显然是笨手笨脚的业余标本剥制师的作品。奥斯卡的嘲弄反而让莫里斯更喜欢这东西。奥斯卡痴迷于设计中心里的玩意儿，他是个钟爱简洁线条、白色涂料的当代人，住在斯堪的纳维亚风格[1]的“小盒子”里，每周都会将老旧的破烂塞满垃圾桶，因为这些东西对他来说一文不值。莫里斯猜想奥斯卡或许也将他归于这类垃圾之中，只要有机会，他也会把莫里斯扔进垃圾桶，再结结实实地盖上盖子，掩住他那微弱的哭喊。

莫里斯怡然自得地埋在一堆书中，周围是数不胜数的牛皮封老书，摸过封皮手上会留下溃破的残渣。竞拍在风笛的嗡鸣

1　二十世纪二十年代末开始，包豪斯推崇的功能主义影响到了斯堪的纳维亚各国，尤其是瑞典。这些设计师一方面跟上国际潮流，一方面又以批量生产的方式应用木材等传统材料。这一时期的家具展示了这种新风格的特点：以直线为主的简洁结构，使用皮革、木材等天然材料，实践实用主义原则。

中继续。一本关于俄耳甫斯引领欧律狄刻走出冥府[1]的书中，有一张深褐色乌贼墨颜料印制的插图。俄耳甫斯鼻梁高挺，头发卷曲，捧着一架竖琴[2]显明身份。欧律狄刻一只乳房从垂坠的衣服里露出，她神情慌张，因为她即将消失——俄耳甫斯已经作势要回头。莫里斯心想，首先俄耳甫斯想带回这个傻婆娘就是愚蠢的。这时奥斯卡用手肘轻轻推了推他。

他抬起眼睛，看见吉斯莲站在门厅里，在她身后，白昼灿烂的光线勾勒出她的轮廓，阳光照耀在她蓬起的金发上。

就在她跪坐着看一叠镶框画时，他再次懦弱地逃走，溜到街上。莫里斯向前大步奔跑，他看见自己的未来将永远在逃离吉斯莲的路上。无论他去哪儿，她都必定跟随，就像著名童谣中的玛丽和小羊羔，而他就是玛丽。即使他一直躲在男厕所里，或锁在至今还属于自己的私人卧室的大衣柜里，抑或是乘火车去伦敦加入（比如）卫兵旅，藏在羽毛头盔下，或早或晚，吉斯莲都会跟来的。

她化身为水泽仙子从水箱中显形，或施了魔法住在他挂衣架上的衬衫里（“衬衫穿在男人身上好看多了”——他不寒而栗），或是当他骑着高头大马、身披厚厚的传统甲胄时，她在咔

1　古希腊神话的一个故事。俄耳甫斯的妻子欧律狄刻被毒蛇夺取了性命，他痛不欲生，在爱神的帮助下，前往冥府解救妻子，但被告知在返回的路上，不能回头看欧律狄刻。然而，俄耳甫斯抵不住对妻子的思念，还是回头看了她一眼，于是欧律狄刻未能走出冥府。

2　准确说是里拉琴。

嚓着相机的美国游客中翩然穿梭，向他抛出手中握着的白色毒花，露出恐怖的微笑致意。

他会拔腿就跑，正如此刻这般。呼吸变得沉痛，眼前出现红色的圆圈。他不常奔跑，但他想到一个可怖的事实，以后他会习惯奔跑的。透过红色的圆圈，他惊讶地看见奥斯卡正在一旁大步狂奔，速度丝毫不逊于他，于是他继续加速。奥斯卡身强体壮，不费力就赶上了他。两人并肩奔跑，行人一路避让，就这样跑了很长一段路。

“我们来吃点东西吧。”进入市中心，奥斯卡提议。

莫里斯痛苦地蜷缩着孱弱无力的四肢，发现自己顺从地跟随奥斯卡进了咖啡厅。“我这是怎么了？”他感到困惑。思来想去，他没能找到原因，只好安慰自己，“也许奥斯卡会请我喝茶。”

莫里斯刚来到这座城市时，咖啡厅后面的自助餐厅镶着粗纹木饰板，桌椅都是难以搬动的厚实橡木，所有陈设都漆成可口的棕色。漫长的岁月已然逝去。

后来，餐厅的管理层终于决定拎着餐厅的耳朵进入当代世界。这里被迫改为一间咖啡厅。

饰板代以时髦的奶黄色涂料，沉重的木桌上曾铺着磨损的老旧桌布，木桌虽褪成棕色，但因年久而让人安心，如今木桌被钢和塑料制品取代，轻盈得必须用螺丝固定在地上，以防随便一碰就倒下。他们还添置了柠檬黄人造革的新椅子，天热的时候椅子会黏着人的屁股和大腿，起身时椅子会被带起来，像狗咬着裤子不松口。

不过，就算此地已大变模样，其原始气氛——那挥之不去的强烈棕色幻想——却无法驱散。盛满棕色温莎汤[1]的长柄勺将无法躲避、无法遮掩的棕色浇在目所能及的一切物体上。咖啡厅后面，所有东西都变成了棕色。管理层认输了，为咖啡厅配了“斯特勒尔布勒格”[2]做服务员。

从裙子可以看出，她们曾是女人，如今已形容枯萎，性别被经年累月的烟头碾碎。她们的生命被倒入污水桶，像是从缺口的粗笨茶杯里泼出的剩茶。这些生物永无止境地在桌边逡巡，每当杯子里的液体低于只有她们看得见的吃水线时，她们便会夺走茶杯，用脏兮兮的破湿布极夸张地在胶木桌面上一挥而过。

奥斯卡和莫里斯从一位斯特勒尔布勒格身旁跨过，她手边放着一只水桶，跪在一面彩绘墙前用破抹布擦拭。收银台前，细颈大玻璃瓶里装着橙汁，塑料橙子随暗藏的潜流跳动，巨大的缸在塑料橱柜里冒着泡，发出汩汩的水声。橱柜里陈列着琳

---

1　流行于维多利亚和爱德华时代的一种英式汤。在十九世纪发明之初，该汤的制作依据精致的名厨食谱，但在二十世纪逐渐被用于指代食材不限定的品质低劣的棕色汤。

2　斯特勒尔布勒格（Struldbrug），出自乔纳森·斯威夫特的小说《格列佛游记》（1726）。斯特勒尔布勒格貌如常人，却不会死去，只会衰老。八十岁时，他们在法律上被判定为死亡，子嗣将继承他们的财产，他们只能领取微薄的津贴，还要忍受年老的病痛，如视力下降、脱发等。此处用了比喻手法，形容咖啡厅的服务员年老、境况不佳。

琅满目的蛋糕、派、点心卷、三明治，包在玻璃纸中，像是现代合成技术的某种奇妙产物，一点儿也不真实。

莫里斯用金属夹子从橱柜里取了一块蛋白酥。用夹子取蛋白酥以示隆重似乎过于夸张，但他认为这样有其道理。令他不快的是，他发现得自己付钱，因为奥斯卡正在为一个烤圆面包而讨价还价。收银员，只能认出是个女人——胸前起伏，嘴上涂着口红。可是在这里，她的性征能维持多久？她答应把圆面包给奥斯卡送去，并开始烤制。烤圆面包类似于一项仪式。当他们走到莫里斯打算用来藏身的桌位即将落座，一个斯特勒尔布勒格已先一步到达，一边用抹布擦拭烟灰缸一边唱着歌。

她唱着，她爱的男孩在楼上的走廊里对着她微笑，挥舞着他的手帕。她突然停下，说了句“早上好，亲爱的顾客”便慢悠悠地走了，经过桌椅时用抹布随意地抹了几下。

莫里斯用叉子捣碎蛋白酥，奶油溅满他的盘子。他喜欢用叉子文雅地吃蛋白酥，就像一位小绅士。

“早餐里，”他说，“没有什么能比得上蛋白酥。”

他思索了片刻，他总是在咖啡厅里吃一块蛋白酥当早餐，是否在向他人证明自己特立独行。早餐吃蛋白酥是因为我是个怪人，可我是否有必要做出怪人的样子？

不过——他用力叉起蛋白酥——他确信自己是真心喜欢这点心，而不是在装模作样。他惬意地舒了口气，发现自己吹出一团蛋白酥泡沫，好似一头心满意足的鲸鱼。他感觉好多了。

对奔跑的回味，混合着再次逃离她的激动，令他眩晕——至少眼下是逃离她了。

“莫里斯，你为什么要躲着她？”奥斯卡向杯子里舀了勺糖，一边搅动一边笑着问。

莫里斯一下呛住，喘咳了片刻。待平静下来，他以尽可能不在意的口吻说：“昨晚在格罗斯特，我把她甩开了，我不想在甩掉她之后这么快又遇上。你又为什么逃避她呢？”

“我猜她是以为能占我便宜，我可不想让她整天围着我家转，打扰我的老婆和孩子。”

“我也不想这样。就算我没有孩子。”

一个斯特勒尔布勒格手里端着热气腾腾、盖着盖子的银盘子缓缓走过来，灰色的发带滑到她灰色的额头上。她嘴里悲叹出一串寂寞的长元音，轻柔的短辅音不曾打断元音那弗拉明戈式的哀悼。“欸的圆面包！欸的圆面包！”[1]

“啊，是我的。”

莫里斯注视着这个老女人。她的每一步都在迈向坟墓，当一铲铲土落在她棺材上时，没有人会向她坟前掷上玫瑰，也没有人会以黑边手帕掩面抽泣。突然，他看见蛋白酥如白色墓穴一样惨白，死人的尸骨陈列其中。他再也下不了口了。

“这个地方有时叫我伤心。”他说。

---

1　原文为“’ose buns! ’ose buns!”，意思是“谁的圆面包”，隐去了辅音“wh”。

“是你太敏感了，莫里斯。他们做的烤圆面包特别棒。”奥斯卡扬扬得意地盯着他的银盘子。

此刻莫里斯强烈希望能有一条巨蛇像玩偶盒里的小丑一样，从盘子里跳起将奥斯卡咬死。他讨厌奥斯卡和他的妻儿，甚至也厌恶他的狗。奥斯卡正油腻腻地在食槽里打滚，丝毫没有意识到射在他身上的仇恨之光。莫里斯推开碎了的蛋白酥，决定先发制人。他点燃一支男人气十足、自信满满的大烟卷，做好袭击的准备。

“奥斯卡，你跟我来这儿只是想探听些什么，你以为我会懦弱到都告诉你。你想知道所有诱人的、血淋淋的细节，你以为能从我身上把这些事都榨出来。”

“噢，小伙子，我相信事情远比我们看到的复杂得多。”奥斯卡在一块干净的白手帕上擦了擦手指。他总是用嘲笑的口气叫莫里斯“小伙子”。

“但这跟我有什么关系，跟蜂鹰有什么关系？”莫里斯大胆地质问。

奥斯卡眯起眼睛，慢条斯理地说：“所以你想让我相信，吉斯莲的惨事与你们俩都无关？你想让我相信蜂鹰说的，什么少年团伙，什么老墓地，蜂鹰正好在那儿发现了她？你想让我信这话？”

“就那么难以置信吗？”是的。当然很难相信。可奥斯卡为什么不信呢？奥斯卡不是英国人吗？

"蜂鹰说谎，"奥斯卡直截了当地说，"小伙子。"

"拜托，别再叫我'小伙子'了！"莫里斯愤怒地大喊。

"声音小点，不然经理会让你滚蛋的，你还没喝茶呢。"他像幼儿园教师一样教训道。莫里斯慢慢坐回椅子上。

"那是她自找的，"他愤愤地说，"她从前就经常四处乱跑，蠢女人，大晚上的，雨衣下面什么也没穿。过去她就曾翻过墙进公园，衣服敞开在月光下跑来跑去。有时她还会抱着花来到墓地，说是不希望让逝者感到被忽视。她就坐在那儿，一坐几个小时。以前竟然没出过事，这才是让我惊讶的。"

"你听着，"奥斯卡接着自己的话说，就像是莫里斯什么都没说，"我知道你与此事有关，但我只是责备你为蜂鹰打掩护。你不是那种拿着刀子到处袭击女人的人，对吧，莫里斯？但你是蜂鹰最好的朋友。"

"我是吗？"

那么，他是吗？虽然他和蜂鹰会互相讲笑话，讲彼此的琐事和乐子，但他们是朋友吗？蜂鹰像一只苗条的金色海豚，溜出任何可能的责任与爱情织成的网络。他冷酷淡漠、光彩四射的自我，可以按照既定的隐蔽路线，在这世间急速穿梭。他引人注目，招惹桃花，他洋溢着单纯男学生那样的快乐，却又不愿被外界打扰。像水从鸭子的背上滑落，任何关系都与他绝缘。

"蜂鹰和我只是商业伙伴。"莫里斯说。他心想，自己的声音是多么落寞。

“还有，你还记得你是怎么把她交给蜂鹰的吗？当时，不知怎么感觉有点怪怪的。我记得在酒吧里，你这样说：‘蜂鹰，带她走，给她点教训。’我们都笑了，但这事可真怪。”

“闭嘴吧，拜托了！”莫里斯尖叫道。持续不断的刺探终于击中了他的一根神经。噢，那幼稚的恶毒，把他们的一次灾难归咎于她——她那么美丽，却从未被欣赏，是她的错吗？在那时，似乎是这样。因此，和她一样无情的蜂鹰，应该占有她，向她展示什么是无情。“复仇是一种野蛮的制裁……”这是谁说的？她就应该被制裁，就应该留下永久的疤痕，一辈子被毁吗？他抱住头，大声呻吟起来。

唱歌的斯特勒尔布勒格侧身向他们靠近，在围裙上来回蹭着自己的手。

“宝贝儿，吃完了吗？”她对莫里斯说，想拿走他的杯子。他有气无力地阻止她，她却突然袭向他的碟子。

“噢，看你把蛋白酥搅得一团糟！真没见过这样吃东西的！”

这话在莫里斯听来，是她对自己特别施与的关爱，就像奶妈对待淘气又心疼的孩子。她一定因为什么原因，对他产生了母爱。也许，她曾经有过自己的孩子。

“好啦，”她说，“没事儿。”看他没有回答，她接着说，“没事的，对吧？嗯？”

“对。”莫里斯最终用微弱的声音回答。

奥斯卡自顾自地吹着口哨，准备离开。他心满意足。为什么？莫里斯透露了一些东西，但他没有说出事情的原委，也不明白为何奥斯卡的黑胡须扬扬自得地活泼地摆动着。奥斯卡的胡须卷曲盘绕，充盈着亢奋的雄性能量。而莫里斯未经修剪的胡子蓬乱地蔓生至耳朵和颧骨，以堂吉诃德的样式逐渐消失在下巴边缘。奥斯卡的胡须上下蹿跳，令人难以忍受，他的牙齿比白色还要白，闪着莹莹微光。

"你店里的生意怎么样？"他问道。

莫里斯真希望自己是腐烂之魔，这样就可以攻击奥斯卡的象牙城堡了。某天早晨，奥斯卡嚼着吐司时，象牙城堡像焦黑渣块一样，哗啦啦地落满全家人的早餐桌，他那吉卜赛人肤色的巨乳妻子为此难过地喋喋不休。莫里斯努力打起精神。

"店里挺好的。还过得去。"他开启防御模式。

"选址也不好，在贫民窟最里面。贫民窟里的古董店。"奥斯卡阴沉地笑着。

莫里斯身体变得僵直，更强硬地回道："我们好着呢，谢谢。美国人觉得这店古色古香，有狄更斯小说的气氛，夏天我们接待很多美国人，尤其是美国女人，她们穿着百慕大短裤[1]。"

他想，奥斯卡跟他说话如同逗熊，或是嘲弄十八世纪疯人院里的疯子。蠢货，蠢货。他们都这样跟我说话，为什么？为什么？为什么他们选我做替罪羊？但是他不想知道原因，也不想去想。

---

1 一种长至膝上两三厘米的短裤，通常款式比较随便。最初为百慕大岛的男士配长袜穿，因此得名。

于是，他玩起他最喜欢的游戏，想象自己走到火车站，买了一张单程票，坐上车远走高飞。只要远离这里，不管去哪儿都行。他不想有目的地，满怀希望的旅行比到达更好。斯特勒尔布勒格会为他唱一支送别曲，他会向她告别，以回馈她的歌，及她所唤的“宝贝儿”。

除此之外，他不会同任何人告别，甚至不向蜂鹰告别。最不会向埃德娜告别。“埃德娜，我去买包烟，一会儿就回。”他永远都不会回来了。他会鬼鬼祟祟地溜到汽车站，一路欣喜若狂地坐车到火车站，这种滋味就像小孩子偷来的覆盆子酱那样甜美，整个城市忙于自己的事务，丝毫未察觉他要离开，且永不会归来。

他点燃一支烟，向后靠在落满灰尘的火车靠垫上，呼出放纵的烟圈。他满怀喜悦地看着城市逐渐瓦解，落入他的过往，落入往昔，与特洛伊、迦太基等神话中的城市为伍。

“代我向埃德娜问好。”奥斯卡起身离开，莫里斯甚至没有注意到。他沉浸在幻想中——离开，离开，离去。公寓，店铺，咖啡厅，离开，离开，离去。装满松节油和画笔的果酱罐，离去。他自己，一个忧伤的高个子深皮肤男人，穿着绿色的灯芯绒外套，离去。

然而，当他从梦中回到咖啡厅时，他发现自己被困在了这座城市中，困在了地狱般的私人关系里，无法逃脱。他就像但丁笔下无法忘怀弗兰切斯卡的保罗[1]，被记忆中的吉斯莲紧紧锁住。记忆中的她，在那儿等着他。他离开咖啡厅，丑陋可怜的隐身老太婆从海中走出，跟上他，用她雪白的腿和纤细的手臂捆住他。吉斯莲。

“带她走，给她点教训。”记忆中的话语在耳畔回响，淹没车辆的噪音、人们的交谈和电台音乐。“但我绝不是有意的，”他自言自语道，“我从未想过伤害她。”一遍又一遍，他试图让自己安心，“那只是个玩笑，一种玩笑。蜂鹰的所作所为，我不负任何责任。和我一点关系也没有。”

然而，整个春天，她都如影随形地跟着他，让他心烦意乱，尽管现实中他从未真正遇见她。夜晚，她那看不见的湿润双唇贴在他的唇上，直至他窒息醒来。她成为莫里斯和埃德娜之外的隐形的第三人，坐在餐桌旁夹在他们夫妻之间，用呼吸给食物下毒。埃德娜上床前脱去衣物时，她也在那儿，下流地戏仿脱衣舞娘的动作，褪去身上的衣物。她金色的脑袋枕在枕头上，他醒来时，会看见她正朝自己笑。

“我跟你毫无瓜葛，不要再来找我了。”他对幻影说。但这只会让她黏他更紧。

天气依然美好得不真实，他却越发抑郁憔悴，就连阳光也

---

1　保罗和弗兰切斯卡是但丁《神曲·地狱篇》中一出爱情悲剧的男女主人公。两人接吻时，被弗兰切斯卡的丈夫一同杀害，因为私情两人被罚在地狱中游荡。罗丹以此为题在“地狱之门”上创作了一幅浮雕，后被称作“吻”。

讽刺他。城市正值花季，街道上，公交车上，目睹鲜花绽放的人们互相赞叹："从未有过这么好的春天。"咖啡厅里的斯特勒尔布勒格唱着动人的流行歌，关于盛开的丁香花和爱情，是不知哪年哪月且再也不会重来的时光的残句断章。她看见莫里斯时会拍拍他的肩膀，仿佛对他的闷闷不乐感同身受，并深表同情。如今，他去咖啡厅的时间不是很早就是很晚，以免碰见任何认识的人，他一直去那儿，只是因为这个老妇人在。

她身上萦绕的气息让他感到温暖，她似乎待人关切又和蔼。他发现自己时常会想起她，想她还是小女孩或年轻姑娘时是什么样子，她的发色褪尽之前是什么颜色。

五月缓慢行进。蜂鹰说在吉斯莲被强奸受伤的那块教堂墓地里，白色丁香花边缘泛出棕色，散发着口气般的恶臭，直至最终凋零死去。

# 三

春天最美好的时光刺痛抑郁之人。最近，莫里斯时常待在家里，避免外出。他正在躲避那个现实中的女人。对他而言，她就像吸血鬼，时刻警惕地在街上游荡，硕大的棕色眼睛满是警觉。一旦看见他，她就会扑过去抓住他，一边剧烈扭动，一边将他的血吸进脸上的缝隙中。可是，他却怎么也无法躲避脑海中的她。

他想和埃德娜坦白这件事，让她帮自己卸下负担，最终还是放弃了。埃德娜似乎没有从朋友那儿听说吉斯莲回来的事，她还没提起过她，他有时真希望她能主动提起，这样他便可以开诚布公了。

他生活在内疚的恐惧中，会因突然的声音惊起，阴影也令他惶恐。他被一个重复出现的梦折磨，这个梦脱胎于第一晚的噩梦。他梦见自己用厨刀划破吉斯莲的脸。刀刃迟钝，屡屡打滑。最后她的头掉下，落入他手中，转眼间，他把她雕成了一个萝卜灯笼，又在她刚被刻好的嘴里放进一支蜡烛点燃。她泛着绿色的烛光，逐渐燃烧殆尽。梦境到此结束，这个梦离奇得让人心惊。

醒来后他发现自己的头发被汗液浸湿，埃德娜在他身边轻微动了动。他想到吉斯莲可能就在这个房间的某处，也许就藏在窗帘后他看不见的地方。他一遍遍默念：“这不可能是我的错！不可能！”可是，愧疚感依然困扰着他。

梦魇过去后，他在床上装睡许久，努力躲避第二天，新的一天的到来。上午快结束时，他突然害怕她——现实中的那个她——来敲他家的门。他从床上一跃而起，再也无法继续装睡。晚上，埃德娜的存在让她无法靠近，但他不敢独自待在家里。

一个个下午，他置身于城市博物馆冰冷的回声中，那里陈列着各种各样的展品，其中一辆装备齐全的吉卜赛篷车，巴洛克风格的漆面配以雕花镜子，一只虎斑猫标本蜷缩在踏板上。还有一辆装饰繁复的黄铜与猩红相间的消防车，以及许许多多的骷髅，最值得称道的是展台上那具重新组装完整的爱尔兰麋鹿骨架。那是一头史前巨兽，莫里斯没完没了地观察着它，希望能将它收入画中。

有时他也会去公共图书馆的阅览室，读遍当天所有的报纸，边边角角都不放过，甚至体育栏目、连环漫画、广告和照片下的图注，林林总总，全部读完。他周身弥漫着反复摩挲过的报纸和退休老人的陈腐气味，图书馆里的老人像蝙蝠一样聚集成群，挂在凉凉的暖气片周围，似乎想从中吸出白色幽灵般的热气来滋养他们的老骨头。离开图书馆不到五分钟，他就再也记不起读过的任何东西。

吉斯莲不可能来这两个地方找他。

在博物馆和图书馆消磨完一天，他迎着芳醇的夕阳，鬼鬼祟祟地快跑回家。疲惫的埃德娜堆笑相迎，翻炒着即将出锅的晚餐通心粉或烩饭，他在她面前放下一束代表歉意的花束，编造出一天忙碌的日程。

绘画。有时他想绘画，他感觉自己能在聚精会神的双手劳作中获得某种平静，但他不敢靠近自己的小工作室。工作室就在店铺上方，俯瞰着沉闷的街道。倘若吉斯莲在下面不停地敲门，敲得门上“停止营业”的白色牌子摇来晃去却依然没有人回应，就可能会在街上抬起她的美杜莎之头，看见他正在楼上的窗户后活动。

他想用双手干活。可是，哪怕去干最简单的体力活，他也打不起精神。埃德娜早晨匆忙做点早饭，饭后的几个脏盘子，他都提不起劲去洗。麦片碗里的碟子上躺着一只沾了口红的汤匙，他匆忙洗把脸就上街，这堆东西放在水槽里纹丝不动，直到埃德娜很晚回来清理，滴下的水已积了满满一汪。

他回家的路绕不开那座公园。几个迟迟未归的孩子在公园里进行睡前最后的玩耍，紧张刺激的游戏将会使他们精疲力竭。一簇簇细密的雏菊点缀着鲜绿色的草丛，像是绘本里的春天，花心中似乎有不会融化的黄油。他经过时转过脸去，想到这群在雏菊间嬉闹、奔跑着的满是欢欣的孩子总有一天会长大，需要面对这个残忍的世界，他就心烦意乱。

有天中午，他稀里糊涂地溜到斯特勒尔布勒格咖啡厅去喝茶，忽看见角落的一张桌子上闪过一道金光和一抹朱红。他立刻转身逃走。他穿越危险的露天空间，在博物馆里一动不动地站了漫长的几分钟才恢复呼吸和平静。他面前是一辆保存极好的 1904 年的运酒马车，由两匹制成标本的马拉着，永久地冻结于紧张的劳作中。他的心痛苦地怦怦跳着，以为自己会发作一场惊天动地的心脏病，这样就能心安理得地躺在床上，甚至死去了。

回过神来，他想："也许那不是她。"他笨拙地逃进浴室，从洗手池的水龙头下偷了一捧水喝。

"你真是个懦夫。"在他们夫妇和别的房客共用的浴室里，他对着破碎的镜子中的自己说。他审视着自己的倒影，怏怏不乐。

他有一双酷似拉尔尼斯科夫[1]的眼睛，犹如烧尽的炭块，对于他这样孱弱、战栗的可怜人，这双眼睛显得太过炯炯有神，诉说着过多已失败的英雄传奇。他悲伤地摸了摸上唇一颗成熟的粉刺，俯身倾向镜子，用两根手指挤出脓汁。他过于用力，迸出的血和脓汁溅到了手上。

"我什么都干不好，连个粉刺也挤不好。"

天色渐暗，埃德娜正在楼上辛勤地为他织一件毛衣，她的手像筑巢的雪白鸟儿，飞快地穿梭着。她真心希望能给他们的

1 陀思妥耶夫斯基的小说《罪与罚》中的一个贫穷大学生。

孩子做些小衣服，可他们没有孩子，也不会有孩子，而这是她唯一能做的了。

埃德娜天生是筑巢者，是家的建造者、温馨的创造者，她是一个真正的女人，一个好女人（无论她的胸有多平）；他，卡拉马佐夫兄弟[1]中最年幼、最无能、最软弱、最愚蠢的那一个（无能到陀思妥耶夫斯基最终在情节中都找不到角落容纳他），有什么资格榨取她强烈的爱欲？

这么说的话，在她织毛衣的这会儿，他又有什么资格躲在浴室里（她消磨着一点一滴的时光，他无法忍受自己像戴尔博士[2]一样坐上三个小时）？那晚他们吃饭（脱水包装的速食咖喱）的时候，她感慨最近他在家陪伴自己的时间这么多，让她感受到一种精心营造的温馨氛围。

“我会给她领养一只小猫，真的，我会的。这能缓解压力。”

然而，当小猫度过软乎可爱的阶段，就会变成一只傲慢无礼、不亲近人的大猫，只顾大口吞食她准备好的碎肝，却逃离她张开的怀抱，胡须下露出一丝讥笑，就像奥斯卡。它会在抛光的地板中央拉臭烘烘的屎，而埃德娜不得不清理。

他想起自己应她的请求抛光地面的事，这似乎是他除婚礼外唯一出于爱为她所做的事。那是十一月，他花了整整一天的

---

1　出自陀思妥耶夫斯基的小说《卡拉马佐夫兄弟》。

2　出自马里恩·哈兰德的小说《戴尔博士：一个无寓意的故事》（*Dr. Dale: A Story Without a Moral*，1900）。

时间来抛光地板，她欣喜不已，于是他暗下决心在春天到来之前为她粉刷卧室，只为让她高兴。然而如今棕色的花束依然像痘疤一样长在卧室的墙纸上。爱，爱的坟墓前放着一只墙纸花编织的花环。

镜中他的脸，他的黑胡须和痛苦的面容，让他想起吉斯莲对埃尔·格列柯笔下的基督的那番评价。但是，吉斯莲不理解他或他们，或是他们之间的关系及其中可悲的逻辑。你不能浪费爱，只有最鲁莽的家庭主妇才会将其抛却。(粉刺破了，血顺着唇上的胡须滴下。）他想（一边用厕纸吸干血水)，如果吉斯莲看见他们夫妻俩在家，可能会说埃德娜是在用编织针把他钉在十字架上。想到这里，他耸耸肩大声说（一边将吸了血水的厕纸冲下马桶)："噢，我真是个无可救药的白痴！"看着水中旋转的物体，他想大声嘲笑自己。

吉斯莲再次进入他的脑海，迅疾得像是收到了他的邀请，连同行李一起在这里安顿下来。如果今晚魔咒失效，将会多么可怕，将迎来多么难以逃脱的厄运啊！就在那一分钟，她按响了门铃，当他尽力稳住神坐在浴缸边缘，狭窄的臀部蜷缩在为了防尘挂着的浴室垫的褶皱中时。(这张垫子是埃德娜买的，图案滑稽，雪白的底色上画着两个古怪的黑色赤脚印，他很难原谅她喜欢这些东西。)

埃德娜会天真地趿拉着拖鞋（为了保养好，她白天不穿时会将拖鞋放在床下的架子上)，艰难地走下三段楼梯，给那个

“幽灵”开门，“幽灵”会说：“你好——呀，埃德娜。我来和莫里斯睡觉，埃德娜。”

他紧张起来。脖子上的一块肌肉开始抽动，背也渐渐僵硬。

时间缓慢逝去。光线渐暗，马桶旁的窗台上已磨损的一组牙刷影影绰绰，轮廓越发模糊，他已看不清牙膏包装上俗丽的文字。他动了动，从浴缸中捏起一只蜘蛛摆在地上，蜘蛛一溜烟钻进门缝逃走了。他想着这只可怜的蜘蛛，如果他置之不理将其留在浴缸里，它可能就溺亡了，想到这里他发现自己几乎要哭出来。

到了他和埃德娜喝睡前咖啡的时间，他僵硬地站起身来，回到客厅。她坐在一盏低垂的台灯下，散发着拉斐尔前派[1]式的光辉。棕发从中间分开，柔顺地从颈后滑下，她俯着身子忙着膝盖上的活计，她眉毛的弧度，肩臂的线条，如一曲赞歌中的和弦，和谐与美丽恰如其分。

她是一个维多利亚式的女孩。那个时代，男人头戴礼帽，凶悍强硬，散发着阳刚气息；女人温顺文雅，大多数时间忙于针线活和照顾穷人。即使丈夫带回一车车衣不蔽体的歌女，任由她们在昂贵的桃花心木圆餐桌上跳舞（桌子光滑的表面将珍珠白的大腿和屁股映得红彤彤的），妻子仍会将绵柔的颈背置于丈夫的靴下。抑或是在她穿上黑色绸缎礼服和仆人、孩子进行晨会（祷告）

1　拉斐尔前派：十九世纪末英国艺术团体，提倡回到意大利文艺复兴初期的画风，擅长刻画神话、传奇、宗教故事中的女性形象，赋予其浪漫、神圣之感。

之前，喝得酩酊大醉的丈夫强奸了厨房的女佣。又或是为了偿还赌债，强迫妻子缝缝补补，直至手指破烂得不成样子。

丈夫，是一种自然力量，是一场天灾浩劫；如同地震，或令人恐惧的肺痨，须忍受、顺从，须在自然的旨意下，尽可能为其受孕。爱丈夫，需要有古老潮汐般盲目的坚持和彻底的愚蠢。

埃德娜以为婚姻意味着顺从和生产。当她在教堂里沐浴着淡牛奶色的白光，说出“爱、尊敬和服从”时，她的脸上闪耀着圣洁的光彩，令圣坛上那装着几枝即将凋谢的菊花的黄铜花瓶黯然失色。

当牧师念到“生儿育女”之时，她伸手轻轻触碰他的手，两眼（比婴儿衣物的白色羊毛更柔软）望着地面，仿佛为即将到来的母亲身份激动不已。

自然，她是不喜欢避孕的。

她不仅认为这破坏了做爱正确、真正的目的，即生儿育女，她还时常抱怨避孕手段让人丧失尊严，身体不适。塞入子宫帽时，她的脸因厌恶而生出皱纹。（他连续劝导了她六个月，她才克服羞涩前往计划生育门诊，为自己选择合适的节育产品。她让他陪她去，给她打气，他一直站在门外等待，直到她脸色苍白、浑身颤抖、满含眼泪地出来，向他展示计生用品。之后几天她都不让他碰自己。）

她总是在厨房里装上子宫帽，在那里他看不见她，不过这些准备工作并不会让他不快，知道她确实采取了措施，他反而能安心。每次她问："这一次你能给我个孩子吗？"他总是担心，在他一次次拒绝后，终有一天她会决定自己做主。但是如果他态度坚决，他想她会温顺地听从他，因为妻子就该这样。

她发现他与人不伦后，他就没再继续。他不忍心伤害她，但这却让她失望，她会从丈夫的不断出轨中获得某种满足感，如同肉体受虐的快感。如果他有背叛或殴打她的想法，这至少表明他还与她有牵连。但是他不希望与她有牵连，他希望她幸福，且这份幸福与他无关。因此，他们生活在一种永无止境的、永远得不到解决的对立中。

她的确希望有一个真正需要她、满心珍惜她的好丈夫；然而要是没有好丈夫也没有关系，她可以同样深爱一个坏丈夫，并以此为荣。莫里斯在这两端之间痛苦地游移。有一次，就那一次，他试着做个邪恶的丈夫——想唆使她与奥斯卡上床。她蛾子般柔和的色泽，她身上的棕色、灰色和米黄色，她那与奥斯卡粗鲁的人格形成对比的美德，令奥斯卡着迷。

她大受惊吓，将一脸惶惑的奥斯卡赶出公寓，他慌乱地扣着裤裆，质问道："为什么？为什么？"从那之后，她的枕头时常被泪水浸透。他确实太直接了，她以为他是可怖的禽兽。很长时间她都在想，她是否"应该"告诉奥斯卡的妻子。初秋水果便宜的时候，她偶尔会和奥斯卡的妻子一起做果酱，她还怀揣着悲伤、嫉妒和爱意，为她的孩子做过短外套和靴子。这件事该责怪的不是奥斯卡，最终她认定将这次性侵保密对他们来说是最好的结果，奥斯卡当时一定是被激情冲昏了头脑，变得不像他了。她责怪自己一定在某些方面诱惑了他。她认定了这个想法，之后经过了漫长而痛苦的精神匍匐她才重获自尊，这让莫里斯失望透顶。

然而此时此刻，在柔和的光线下，她坐着织毛线的样子是那样温婉朴素，莫里斯对她产生一种奇怪的欲望。有一瞬间，他想抱她坐在自己膝上，将脸埋进她发髻形成的柔软垫子中，轻声细语道："我的小可爱。"那是他们还用珍珠圆领针固定衬衫领时，她想要的那种丈夫会说的。他的悲伤沉重至极，他想将埃德娜毛茸茸的爱的围巾暖暖地裹在身上。他站在门廊里，咬着自己的指甲。是她开口打破了沉默。

"你洗澡的时间好长，亲爱的。"

他晃过神来，想起自己飞奔进浴室时，告诉她的是去洗澡，于是他随口编了句谎话："洗到一半，水凉了，我等了一会儿。肯定有人在什么地方洗东西。"

他能听出自己的声音在无力地颤抖，她也能听出。她用探寻的目光抬头看了他一眼，他的体内有什么东西"啪"地折断了。他突然爆发出长长的哀号。

"噢，拜托，拜托——放下你手中的针线活吧！"

她的眉毛挤成棕色的问号，顺从地放下针线。她正在给他织一件肥大的黑色毛衣，织好后他会毫无感激地收下毛衣，直至穿成臭气熏天的破布，也不会说一句感谢。毛衣已经快织完了，不久她就会收起衣板，把毛衣贴在他身上看是否合身，就像举着一幅画在墙上比画。他一向觉得这种事很难为情。

“发生了可怕的事。”他说。他无法再藏着掖着了，“你得知道这件事。吉斯莲回来了。”

许久的沉默。

“我知道了。”她的齿擦音窸窸窣窣，如同一件小小的丝绸内衣发出的声响，像小矮人的衬裙。他尚且还能控制住自己不被如此平淡的反应激怒。在他说出吉斯莲的归来对他的影响之前，她不可能明白这对他们二人意味着什么。

“你头疼的那个晚上，她去了酒吧。”他说。这样她就不会以为他在吉斯莲住院的时候去看望她了。埃德娜假装在数针数，这样就不必看他了。

“莫里斯，为什么你不早告诉我？”

“我以 M 之名爱我的爱人，”莫里斯沉重地想，“因为他叫莫里斯，他是头魔兽。”[1]

“因为我担心你会难过，”他大声说，“我不想让你难过，埃德娜，亲爱的。”他及时想起加上这一爱称。

她依然低垂着眼睑，轻声道：“你对她仍是那种感觉吗？”她喘不上气，几乎是在啜泣，“这就是你想告诉我的？”

她完全不理解，他简直要放声大哭。

---

1 Morris 和 monstrous 都以 m 开头。

“埃迪[1]，她很可怕，极其可怕，让人讨厌——”

“你这么说太残忍了！”

“啊，你应该去看看她！她现在看起来——”

“但是，你不告诉我的原因当然是因为你还想要她，而且——”

她的手抽搐着，脸因为不理解的痛苦而颤抖。他感到狂暴从心中升腾而起，但他勇猛地控制住了。他冷静沉着地安抚她。

“埃德娜，亲爱的，拜托，我那时的道歉是真心实意的，并且直到如今，我说出的歉意远不及我心中的愧疚之深。只不过现在伤疤撕裂了她的脸，早已不再是想不想要她的问题。那道疤很可怕，她曾经是个可爱的女孩，现在却再也回不去了。试着，试着想想这对她来说意味着什么。我心里难过极了。”

他摇晃着从门边走过来，在一把椅子上重重地坐下，他再也没有气力站着了。他瞥见《法兰西第二帝国史》的封面在灯下闪耀着红光。他心烦意乱，匆忙看向别处，他看着埃德娜听了他的话后，正努力想象吉斯莲遭受的一切痛苦。

慢慢地，她的神情有了变化，在胸前合起双手。见她的情绪逐渐缓和，他准备将自己的罪过和盘托出以享受坦白后的放松，而她却大喊起来：“噢，可怜的人儿，可怜的人儿啊！”她对另一个女人的同情让他哑口无言。

---

1 Edie（埃迪），埃德娜的昵称。

她灰色的眼睛在同情中睁大，她的薄嘴唇伴着同情颤抖，毛衣不经意滑落在地。“同情”，米莱[1]会这样给她命名，面庞上仰，眼神热切，双手合十像被宰兔子的耳朵。她可能被置于浮华的镀金画框中，在皇家艺术学院展出，然后印在《伦敦新闻画报》上流传，再之后会装点全国一千面朴素的墙。她对吉斯莲那么满怀同情，倘若他现在胆敢谈论自己，她会认为他像孩子一样自私。

“莫里斯，我必须问问你蜂鹰的事。他们说的是真的吗？他们俩的事，他对吉斯莲所做的事。”

他只能告诉她真相，因为她是他的妻子。他用克制的、没有感情的声音说出“是”。他意识到他的牙开始疼，所有牙一同疼了起来，好似演唱会的齐奏，犬齿和臼齿唱起了合唱。这是最后一根稻草。他真希望自己一死了之。

“是的。”他嘬着自己的牙重复道。为什么她要一直问一直问？

“他怎么能这样做！”

他突然爆发了。他的牙隐隐作痛，她却还揪着不放。她站在道德的制高点，表现出如此丰沛的同情，却看不出他有多么难受。

“埃德娜，你应该知道吉斯莲有多招人恨！你难道不记得你曾说想杀了她——”

“你这是耍赖！”的确是耍赖。他竟用她的妒火来指责她，

1 约翰·艾佛雷特·米莱（John Everett Millais，1829—1896），拉斐尔前派的英国画家。

他让她失望了。他又一次丢盔卸甲，被将死了。

“我想她在计划着什么，”他告诉她，将她从不安的过去拉至不安的现在，“她在到处找蜂鹰。我到哪儿都能看见她，我只能认为她在找我。我看见她就躲。”

他祈祷埃德娜能从他断断续续的陈述中懂得他所遭受的一切。

“莫里斯，你为什么要躲？你仍旧被她吸引吗？”

“我害怕呀，”他简短地回答，“我害怕她是在找我。”噢，请理解我吧，他无声地恳求，请理解我。

“噢，莫里斯。”她的语气透出责备。蓬起的发髻下，她那冥顽不灵的脑袋在想什么？

“埃迪，我不想你难过。”

“难过？”她惊嚷。

“要知道，”他一边说着，一边焦躁地在房中徘徊，“她让我带她回这里。”牙疼依旧阵阵袭来。

每一分每一秒的流逝，都让她更加难以理解他，他们之间的鸿沟越发凶险。他看得出，他每说一句话，她对他的尊重就下滑一分，下滑——下滑——下滑——因为他对那个被割伤的可怜的姑娘，表现得自私无情。

“可是她住在哪里？她有地方去吗？”

“不是，不是，埃德娜，不是这样的。她就是想确认，只要她想，她还能有男人。”

她无视他的回答。

“她住在哪里？”

“我不知道。”

“你竟然没去弄清楚她有没有像样的地方睡觉？她可是个受了伤的姑娘。”

“她以前有个小房间，应该还会回那个房间吧，她也没离开多久。”

她的表情变幻莫测，宛若光谱，在她的脸上飞速闪过，莫里斯没能捕获每一种细微的情绪，只能大致感受到那白瓷般光滑的前额下，正酝酿着一场情绪风暴。屋外，月亮像猫咪的脸蛋，挂在夜空之中，似乎在一股隐形的水流上保持平衡，像射出的乒乓球。

“月亮多幸运，挂在那儿，平静安好。”他想。他向窗外望去，朝月亮投出歆羡的目光。

“她必须来这儿。”埃德娜说。

他俯身将脸贴在冰冷的玻璃上。这太过分了。她的帽子里究竟要变出怎样惊人的兔子？

“不行，埃迪。”

“必须这样。”她坚持道。他声音中的萎靡对她已再无强制力。“必须这样。我们都是人，我们必须彼此爱护。我会努力照顾她，即使她伤害过我。这就是基督徒所说的‘仁爱’。”

“去他妈的基督徒。”莫里斯想。他的额头一遍又一遍地蹭在窗上，额头的汗抹花了玻璃。他的牙疼得剧烈，感到头要炸开。他希望自己的头能像罗马焰火筒一样爆炸，埃德娜会目瞪口呆地望着他失去生命的躯体，望着他脖颈处烧焦的树桩。

“埃德娜，”他开口道，“我太害怕她了——”她打断了他。

“你怎么能对她如此冷漠，你可是曾与她——那样。你的无情无义，让我寒心。你怎么能——”

“只是一次性爱，那就是我与她的全部过往。就那么一次。你很快就制止了我，不是吗？你尖叫、大喊，说什么信任、信念和爱，说着你怎样为我放弃了自己的生活，你这个臭女人！”

“噢，不要对我这么粗暴！”

“我不会让那个女人出现在我的房子里，更别说我们是住在公寓里！”他的情绪越发激动，声音逐渐升高。他握紧拳头击打在窗户上，震得玻璃嗡嗡地响。泪水在她的眼中慢慢汇聚，顺着脸颊流下。他意外地找准了她的弱点，最柔弱的位置，竟奇迹般地逼她就范了。

他们之间的气氛紧张起来。四目相对，注视良久。他疼痛的牙齿发出最后一组磨人的和弦，这段弱化的轻柔演奏没怎么妨碍他。她看起来如此渺小、无助，她溢出泪水的深色眼睛里，充满爱，除了爱，还是爱。他发现自己想和她做爱。

“只是因为她在哭吗？我想要她只是因为我把她惹哭了？”他思索着，穿过客厅向她走去，心中的想法令他陡然一惊。他踢开绊住脚的毛衣针线，就像踢开一只保护女主人的小黑狗。

# 四

丁香花衰败，女人袒露着蜂蜜色的酥肩，整日在外玩耍的孩子晒成了他们向往的印第安肤色，繁茂圆润的树木形成摇曳的华盖，头重脚轻地在风中摇摆。蜂鹰离开的日子里，店里一堆堆的旧物上结了厚重的灰尘。莫里斯像蜘蛛网上的一只苍蝇，静止地挂在春天里，麻痹无力，动弹不得。

一天早晨，莫里斯迅速侦察后潜入咖啡厅的角落，准备喝杯咖啡。这时，他看见一个年轻女孩走进来，站在那里，眯起近视的双眼，犹疑地四处张望。莫里斯从未见过她，似乎是个生人。从外表上看，她不像本地人。他猜想："伦敦来的，也可能是利物浦。"她的眉毛以淡色眉笔勾勒，齐刘海两侧逗号似的发卷修饰着耳下，圆圆的脸颊中央涂抹了两团像洋娃娃一样的亮粉色腮红。一条蓝色休闲丹宁短裙未及膝盖，双腿尤为纤细优雅。红白相间的条纹毛衣下，胸部高耸，圆润丰满；脚上一双亮白色的过膝袜，搭配红绿撞色的低跟系带鞋；肩上挂着一只粗呢包，上面饰有三角旗形的"绍森德"[1]字样。她的脸严

---

1 全称滨海绍森德（Southend-on-Sea），位于英格兰埃塞克斯郡的滨海度假胜地。

肃沉着，不露情绪，下巴宽阔坚毅，臂弯里搂着一只雪白的猫。莫里斯从未见过女孩带着猫出现在咖啡厅。

猫咪昏昏欲睡，像是给吃了药。她弯着臂膀搂着它，好似搂着一个孩子，却又不像搂着孩子，因为这搂抱不带丝毫爱意，好像只是出于方便，漫不经心地抱着一捆要洗的衣物。莫里斯猜想，这女孩和猫在等人，可他们在等谁呢？

他们在等蜂鹰。

他踢踏着脚走来，像老式喜剧中的“灾难”登场。蜂鹰，穿着黑色皮夹克和灯芯绒裤子，轻盈灵活得如同一根甘草棒。蜂鹰，似乎在模仿格鲁乔·马克思[1]的特技步子，黑色的双腿随前倾的躯干急速行走。蜂鹰，头戴一顶硕大的鸭舌帽，帽子上尖叫的橙色和咆哮的紫色交错成格纹，拉过前额盖住凌乱的金发，发垂肩头洒下少许飘浮的头皮屑。他换了一副新墨镜，猫头鹰的眼睛那么圆，墨水一样黑。他看上去像是乔装失败的好莱坞小明星。

蜂鹰每消失一段时间后回来，那耀眼暧昧的美总会让莫里斯措手不及。看见“万能先生”本人后，莫里斯松了一大口气，甚至禁不住想吹个挑逗的口哨，嘲讽地表达他的赞赏。蜂鹰遮蔽了那个女孩的光芒，就算她比他还要高一些——字面意义及比喻意义上，他完全遮蔽了她的光芒——就在那儿，咖啡厅正

1　朱利叶斯·亨利·格鲁乔·马克思（Julius Henry “Groucho” Marx，1890—1977），美国喜剧演员。

中，他将她拥入黑色皮质的怀抱中，脸埋进她的脖子里。他依偎着她，好一会儿后才推开她，咧嘴笑着环视四周。

蜂鹰有着柔软水嫩的鼻子和丰厚的唇，让人想起佛罗伦萨派早期的绘画中，耶稣降生图里吹着小号的欢欣的天使。蜜桃似的脸多汁可口，轻轻一碰就留下痕迹，上面覆着一层金色短小的绒毛，至下巴处愈渐厚密，化为一只软乎乎、毛茸茸的动物，两侧的毛发并未衔接成完整的胡须(他这辈子从不需要刮胡子)。耳朵呈现出完美的尖角，酷似农牧神，奇妙的是耳朵上也覆盖着绒毛。在他引人注目的帽子下，尖耳朵古怪地从金色的碎发中戳出。最后便是他令人不安、模样奇怪的嘴了，与他天使的面孔极不协调。

看着深红色嘴唇饱满丰厚的线条，你不可能不去想："这个男人是肉食系的。"这是一张难以形容的肉食系的嘴，看到它，脑中会浮现猛咬撕裂的画面。它总是似笑非笑地露出猫身似的美丽曲线，笑容也有猫的气息。用于撕咬的小巧牙齿，无与伦比地洁白，尖锐得像可以伤人的牛奶玻璃杯的小碎片。他多美呀，此外，还有一股难以言表的邪恶气质。

墨镜闪出的黑光直击莫里斯，顷刻间，蜂鹰以戏剧性的姿势敞开手臂欢迎他，一边高声唤着"莫里斯，亲爱的"一边奔向他。早晨来喝咖啡的商人，将手中的报纸翻得哗哗啦啦以示反感，而那女孩却没有一丝惊慌。蜂鹰闪亮的皮夹克射出一排排亮光，身体随着动作噼啪作响。他热情地拥抱莫里斯，湿润的双唇贴上莫里斯的额头，献上一个致意的吻。他憋着笑，身子随之颤动。

“天哪，真是精彩的生活！”他说道，大笑着倒在莫里斯一旁的椅子上。那女孩端庄得体地跟随他，他看着她稳健的步伐，一步接一步，便直摇头，似乎不相信她本就是这样。女孩的在场，让莫里斯不知所措。

“莫里斯，来见见我可爱的艾米莉。”蜂鹰说。女孩走到跟前，他握住莫里斯的手放在女孩手上。她的手半埋在猫毛里，莫里斯感到一种混合的触感——坚硬的肌肤和柔软的皮毛。

“这是可爱的艾米莉。艾米莉是她那什么破教名，有意思吧？艾米莉，这是莫里斯，对我这个约拿单来说，他就是大卫[1]。”

“很高兴见到你。”伦敦南部的元音，长而扁平，像一条尊贵的腊肠犬。微笑时，她的嘴唇做出与笑无关的严肃运动，似乎表示她见到他一点儿也不高兴，她发自内心地鄙视他们，但出于习惯她还是参与了这场愚蠢的文字游戏。莫里斯不明白为何蜂鹰如此兴高采烈，这个女孩又如此冷静沉着。“这究竟是怎么回事？”他心想。

“艾米莉，放下猫儿，坐下吧。”蜂鹰稍稍安静了些。

她顺从地把猫放在桌上，坐了下来，翘起腿时尼龙布料摩

1　约拿单和大卫出自《圣经》，约拿单是以色列第一位由耶和华膏立的国王扫罗的长子，与第二位国王大卫是朋友。《圣经·旧约·撒母耳记上》：“约拿单的心和大卫的心就连在一起，约拿单爱大卫就像爱自己一样。”

擦发出剪刀似的咔嚓声。莫里斯发现她的白色过膝袜下面还穿了一双丝袜，他感到不解。猫直直地躺着，一半在桌上一半悬在桌边。猫被放下后，就躺着僵直不动，完全没有像通常猫儿那样蜷起身子让自己舒服点。莫里斯猜想这只猫可能死了。

“你的猫——还好吧？”

“为了让它适应这长途旅行，我给它吃了阿司匹林。猫出门会应激，吃了阿司匹林就能稳稳睡过去。”

“我明白了。”莫里斯说。

她又露出那种标志性的微笑。她的嘴唇丰盈粉嫩，没有涂口红。她低下头检查涂成银色的手指甲，光亮的黑色秀发从红润的两颊垂下。可以看出此时她一句话也不想多说，或者本来也没想说。她坚如磐石地坐在椅子上，仿佛定在那里，再也不会起身。莫里斯心想她的指甲可真干净。

“我想着，”蜂鹰说，“要是艾米莉能在店里帮忙，倒也不错。”她没有抬头，还在聚精会神地研究着指甲。

“我敢肯定，”莫里斯说，语气中带着怀疑，“她能帮上不少忙。”

蜂鹰透过墨镜飞快地朝他一瞥：“情况不太好吗？你似乎话里有话呀。你应该赚个盆满钵满的迎接我回来才是。”

“你走之后我就没靠近过店铺。”女孩的存在让莫里斯不安也不快。他如何能在这个女孩面前自在地谈论吉斯莲？他压低声音道：“这位年轻的女士想去一下化妆间吗？”

蜂鹰眉毛一扬，高过墨镜的框沿，开口道："艾米莉，小可爱，帮个忙，请去卫生间待五分钟好吗？"

她应声起身，像一出魔术。"照看好我的猫。"她说。她没有左顾右盼，而是径直穿过咖啡厅。蜂鹰得意扬扬地看着她短裙齐齐的下摆。

"我的艾米莉，"他志得意满地说，"馥郁，湿润，黏腻。一块水果蛋糕。我的艾米莉就是最好的水果蛋糕，那种掺了朗姆酒的，吃下就能醉的。我就像聚会上的孩子，对她狼吞虎咽。噢，天哪，噢，天哪。"

"拜托，听我说，蜂鹰——吉斯莲出院了。她在找你。"

沉默。闪亮的帽子下那张闪亮的脸，变成一张毫无表情的面具。莫里斯察觉到他头顶上方嵌在墙里的大钟正嘀嗒作响。一只苍蝇围着他的脑袋嗡嗡地转。

"噢？"蜂鹰最终说，"还有别的事吗？"

"我的天哪，你不打算为她做点什么吗？"

"为什么我得做点什么？NHS[1]都做不好，我又能做什么？"

"蜂鹰——"莫里斯痛苦地大喊。

"莫里斯，请安静点，"面具似的脸张口命令道，"我们过会儿去店里吧。我想看看它自己过得怎么样，你从沉船上逃走了，你这个叛徒。"

---

1 National Health Service，英国国民医疗服务体系。

“然后呢？”

“艾米莉会给我们做一顿美味的午餐。她的厨艺很不错，只是太喜欢用豆子罐头。”这时，“面具”想起了什么私密的事，再次傻笑起来。

“噢，蜂鹰，你走之后，我担心得都病了。”

“你就是离不开我，是不是，亲爱的？”

莫里斯张了张嘴，耸耸肩不再吭声。片刻沉默。接着，蜂鹰的语气近乎狡黠：“话说，她现在是不是很丑？”

“很吓人。”

“那些学生太暴力、太狠毒了——他们应该挨鞭子。竟然对一个可怜的小姑娘下此毒手！”

莫里斯迷惑了，他努力想看清墨镜下的眼睛，却只看见自己黑色的倒影。蜂鹰真的相信他自己编造的故事吗？他决定再像以前那样，笃信自己的谎言？莫里斯无法判断。他只能确定蜂鹰一口咬定了自己的故事版本，坚称那是事实，即使对莫里斯也是如此。

“她吓人极了，”他重复道，“她会把你崭新闪亮的艾米莉吓坏的。”

“那就决不能让她见我的艾米莉，对吧？不过没什么能吓到艾米莉。记得当时我们在图厅[1]她家的客厅沙发上亲热，蓝莹莹

1　伦敦南部的一个地区。

的电视朦朦胧胧，她喝醉的老爸举着面包刀狂啸而来，咋咋呼呼地威胁我。她云淡风轻地装了一条干净的短裤放进包里，拎着猫就出来了。”

“那她很喜欢猫？”

“看起来是。”

蜂鹰也许又在撒谎，但他的故事让莫里斯着迷。他想象着那个场景，白皙的肉体在毛边绒毯上翻滚，狂怒的父亲歌剧式的出场。

“这一切发生时，你都冷静得很，是不是？”

“兄弟，我冷静得就像一只奓毛的雄火鸡。我夺窗而逃，还好窗户开着，谢天谢地。活活一出白厅[1]闹剧，只不过是性闹剧——生活模仿艺术，我一直这样想。一看见他，那个野蛮的大个子农民，我就像离弦的箭，从窗户射了出去。一直逃到图厅大道地铁站，我才来得及把裤子穿好。亲爱的，我从没这么狼狈过。”

他用右手做了一个故弄玄虚的手势，嗤笑起来。他右手上戴着一枚文艺复兴风格的毒戒指。他说里面有箭毒，可以在跟人握手时置人于死地。莫里斯从未信过这话。他对图厅大道的事件也保留意见，哆哆嗦嗦地又将话题拉回咖啡馆。

“你怎么可以这么冷静？”

---

1　伦敦的一条大道，连接议会大厦和唐宁街，国防部、外交部、海军部等英国政府机关设立在此。“白厅”亦为英国中央政府的代名词。

“她和我一点关系也没有了，亲爱的。”

“可她肯定会来店里找你——”

“我不在乎。随她去，随她去吧！”他做出像寓言里播种人那样的姿势，将吉斯莲抛入风中。莫里斯怔怔地望着她被吹走，一脸迷离。蜂鹰搂住他的肩膀安抚道：“不要烦恼，莫里斯，我会罩着你的。”莫里斯真希望自己能相信他。

“现在我们换个话题。”蜂鹰命令道。莫里斯便乖乖服从。

“我去了拍卖会。买了一些鸟的标本。花了二十五先令。”

“很好，就价格来看，东西应该是很诱人的。”

“不过，玻璃盒裂了，鸟似乎也得了某种湿疹。”

“噢。”

莫里斯兴致阑珊，怏怏不乐。他又抛开鸟的话题，抱怨道：“她现在依然到处乱跑！”

“噢，不会的。不要再说吉斯莲了，这话题让我感到乏味。”他的声音尖厉得让莫里斯一怔。然而说这话时，蜂鹰正温柔地从桌上抱起猫，放在自己的膝头，动作轻柔得像面包和蜂蜜。蜂蜜，蜂鹰。

“我要把艾米莉的猫藏起来，免得经理觉得它不卫生。”他把那只毫无抵抗力的猫塞进自己的夹克中，这时唱着歌的斯特勒尔布勒格突然出现，迅疾地用破布抹了桌子。她不正经地挤弄着一只眼，装作纳尔逊[1]。

“瞧，睁一只眼闭一只眼，我就当没看见！嘿嘿，猫是不准上桌的。但是为了我的小情人——两个小情人？——我可以装作没看见。”蜂鹰笑着向她致意，她兴高采烈地回以笑容。

“你真好，”莫里斯说，“谢谢你。”

“被称赞可真不错，对吧，亲爱的？”

“是呀。”他说。她侧身走开，肩膀上弓形的肥厚脂肪把灰色工作服绷得紧紧的。

“有意思的老女人。”蜂鹰拿出烟草和他有趣的黑色香烟纸，认认真真地给自己卷了一支烟。“埃德娜怎么样了？我上次见到她时，她不太好。”

“她很好。只是她想让吉斯莲过来和我们住，她想照顾吉斯莲，因为这是基督徒所说的‘仁爱’。”

“噢，这不是很好吗？多么美妙的想法，”他舔了舔香烟纸将它粘住，“我不知道你怎么能和那个女人过下去，莫里斯。她是那种只能拿去做活体解剖的女人，粉红色的眼睛，就是实验室的老鼠呀。”

“这里就坐着一个曾努力解剖她的男人，却只在她体内发现了编织针、粥和尿布垫。”他接着说，奥斯卡端着茶朝他们走来，脸上洋溢着难以抑制的喜悦。蜂鹰点燃香烟，招手欢迎奥

---

1　霍雷肖·纳尔逊（Horatio Nelson，1758—1805），英国著名海军将领，在战场上失去右眼。

斯卡加入。

“你这家伙真是太幸运了，”奥斯卡说着在桌边坐下，笨拙地整理他那包裹般笨重庞大的四肢，“你回来得正是时候。”

“噢？怎么说？”

“她又进医院了。”

“谁？吉斯莲？”莫里斯插嘴道，“但是——”

“这你哪能知道呢，莫里斯，你一直躲躲藏藏的。说来话长，这可不是愉快的故事。有天晚上，她出现在亨利·格拉斯的公寓。你还记得她和亨利·格拉斯同居过几个星期吧？”

亨利·格拉斯是个脸上长斑的安静的小个子男人，像斑点狗一样温和，在肮脏的地下室里制作首饰。他曾一度被吉斯莲的篝火点燃，与她激情燃烧了一个月。她离开后，他与一个大家意想不到的人结了婚，妻子是芬兰来的换工生，对英语的掌握大约不超过五十个基本单词和一个用于一切事物的时态。奇妙的是，他们在一起很幸福。现在她的眼神像母牛一样温暖，臀部肥大，挺着大肚子为他准备丰盛的餐食，甚至昏昏沉沉没睡醒时也要把他的地下室打扫得一尘不染。亨利·格拉斯胖了，也心满意足了。他的内裤，从前谁也无法想象是什么样子，如今缝补得工工整整，每周都晾在洗衣房里公开展示。

“三天前，亨利·格拉斯醒来，发现吉斯莲在敲他家的门，要求进去。他不愿意让她进来，因为他妻子在，他不知道怎么用芬兰语向她解释，而且吉斯莲当时喝醉了。”

“喝醉了？我从没见她醉过。”莫里斯惊讶地说。

“世事难料。她当时醉得厉害，又生气又难过，从窗台上的花盆里抓起一抔土——”

“他窗台上现在都有花盆了？”蜂鹰问道，话语间有种无关痛痒的兴致，一副不以为意的样子。

“对，他的窗台上有花盆。”

“他都种了什么？”

奥斯卡卸下他的假笑，明显开始不耐烦了。“天竺葵，”他说，“和白色庭荠，还有几盆种给他妻子做菜用的香草。”

“真好呀，继续说。”蜂鹰吹出一个完美的圆烟圈，如同显灵般地，在他头顶上盘旋着消散。他们一同注视着烟圈，就连奥斯卡也为之吸引。那烟圈好似一个神秘的不祥之兆。奥斯卡咬了咬牙，继续说。

“吉斯莲从花盆里抓了一抔土，往脸上抹了一把又一把，又撕开伤疤，把土抹进伤口里，然后尖叫着跑了。现在她又进医院了，败血症，病得很重。亨利·格拉斯在服用镇静剂来缓解精神紧张，还有他的妻子，差点被吓得流产。”

莫里斯从蜂鹰那儿取了些卷烟的材料，侍弄起蓬松湿润的烟草。他想找点事做，不想被动地盯着奥斯卡。他的手颤抖着，烟草丝撒了一桌。他嘴干头晕，奥斯卡说的话，他无法全部听清。蜂鹰则闭口不言，只顾吹出一连串烟圈，在烟圈消失之前，将手指穿过其中一个。奥斯卡呼噜呼噜地喝光了方才忘在一边的茶，将空杯子推开。

“蜂鹰，她似乎没有打听你的行踪。”他说。

“为什么要打听，我只是她的一个朋友而已。”

“是啊，为什么呢？不过，我还是觉得你会想听到这个消息。毕竟你出门那么久。”

“是啊，我是想听听都有什么新闻，”蜂鹰和蔼亲切地搂着猫晃来晃去，突然他拍了一下口袋，露出疏离而冷淡的神色道，“奥斯卡，我从伦敦带了点东西回来，准能把你逗笑……”

他拿出一枝小小的塑料玫瑰花，弯曲的橡胶花茎下连着一个圆球。他把花茎插进扣眼里，对着奥斯卡娴熟地拉起衣领，同时按下隐藏的圆球，一条橡胶做的粉色线形虫跳了出来，丑陋又逼真，让人恶心。那条虫子抖了抖，又缩回塑料花瓣的绯红色巢穴里，瘪了下去。

“我在大英博物馆外的奇趣商店买的，”他说，“只要六便士。从没捡过这么大的便宜。怎么样，吓人吧？吓人吧？”他趴在桌上，一遍又一遍地对着奥斯卡的脸弹出这可怕的东西。

奥斯卡不知所措，目瞪口呆。蜂鹰又故意摘下自己那花哨的帽子，反戴在奥斯卡头上，放声大笑起来。奥斯卡回过神来，气冲冲地把帽子扔在地上。

“你在耍我吗？”他点燃了战火。

“坐着别动呀，我还要给你戴上假耳朵，装上吸血鬼牙齿，在你背后贴上‘踢我吧’，再带着你走街串巷呢，”蜂鹰笑着说，

"你本就是个蠢货，我们得让全世界知道呀！"

蜂鹰捡起帽子，拍掉灰尘，拉着莫里斯的手走了，留奥斯卡一人怒火中烧。

"死肥仔，死肥仔，死肥仔。"蜂鹰一遍遍低声咕哝着，像是在念祷文。他的笑容拂去，似被布一抹而尽。莫里斯茫然地跟着他，心里想着吉斯莲。

"我应该带她回家的。我本就该这么做。这是我的责任。"他应该让她睡在舒适的藤椅上，给她裹好毯子，为她准备热牛奶、滴着黄油的吐司和鸡蛋羹，给予她温暖和安全感，将她从拒绝和绝望的暴虐中救出。他暗下决心要去看她，看她裹着层层绷带，躺在白色的金属架病床上，劝她来与自己和埃德娜一起住，告诉她他们会爱她、照顾她，不要求她做任何事，告诉她不会再有人伤害她，再也不会。

但他自始至终都知道，他决不会将这决心付诸实践，他不会真的去医院，找到她的病房。他知道只有当自己在某个安全的地方，她无法与他说话，无法出现在他面前，更无法以任何方式影响他时，他才能发自内心地怜悯她。

艾米莉正耐心地从门口的机器中弄出一包葡萄干和坚果。

"刚刚和你们讲话的那个高个大胖子，我不喜欢他的脸，所以没进去。"

"真是个乖孩子。"蜂鹰表扬她，拍了拍她蓝色的丹宁屁股。她再次抱起她的猫，猫缓慢地睁开眼，粉白色的内眼睑，在瞳孔外形成一扇半开的百叶窗，它打了个哈欠，发出一声微小迟疑的猫叫，又合上了眼睛。

“你的猫多大了？”莫里斯想转移自己的注意力。

“差不多两岁。”

“这体形算不算大了些，对于一只两岁的猫来说？”

“它已经长到最大了。这不算大。”

“我正考虑给我的妻子买一只小猫。她喜欢照顾点什么。”

“猫不会感谢照顾它的人。”

“噢。”这转移注意力的尝试并不奏效。

她的身高、英气的面容和沉重的脚步声，会让人误以为她是伊丽莎白时代戏剧中的女装男童，那时易装是一种艺术形式。在蜂鹰金色的温柔下，她是一枚多么合衬的叶饰呀。他们是令人困惑又宛若画中的一对璧人，此刻再次相拥。然而，莫里斯看到他们二人的五官上渐渐浮现出另一张脸，那张留着疤痕、戴着悲伤僧侣面具的脸。

# 五

店铺里，阳光透过肮脏的窗户化作浓稠的菜泥，人在其中如同在汤里游泳。窗户开不了，也没有任何形式的通风设备，灰尘和腐坏的浓厚酸味，长久地悬浮在凝滞的空气里。在这深海的气氛中，成堆的家具、破衣服和茶叶箱，像死去已久的沉船落入海底的货箱，应被帽贝和海草覆盖。一只古董留声机向艾米莉的白色脚踝伸出带棱纹的红色喇叭，想要抓住她，似乎想趁她在危机四伏的海床上无畏地大步穿越时，将她吞入神秘的海葵腹中。她的包碰倒了装着獾标本的玻璃盒上的一摞唱片，摔碎了许多，她没有道歉。

蜂鹰邀请她坐上一把阿伯茨福德[1]橡木椅，椅子上雕满花饰、咆哮的狮子和不带纹章的军队盾形徽。她坐下时，一堆十八世纪晚期的牛皮布道书从她的屁股下滑落。

蜂鹰脱下外套，露出一件崭新、亮白的褶边衬衫，袖子宽如天鹅翅膀。他将外套挂在一座雕像坑坑洼洼的肩膀上，雕像上爬满了铜绿，来自某座被遗弃的花园，那地方如今可能已经

1　苏格兰城市。阿伯茨福德家具是十九世纪二三十年代兴起的一种新哥特式家具。

成为一座宅邸或加油站。

这座雕像是一个破碎的裸体男孩，身边跟着一条凶恶的狗，正龇出牙齿急迫地去够什么，也许是想咬断他的生殖器。男孩戴着一顶锦缎帽子，像是爱德华时代军装的样式。蜂鹰为自己选了一双长筒高跟军靴。男孩还戴着一个假鼻子。地上到处散落着红色的假鼻子，蜂鹰随便捡起一个戴上。花园男孩的脚下，五个黑金色的罐头静谧地聚集在一起，罐身都印着读不懂的精美汉字。他身后的墙上，钉着一件黑色和服，碎裂的丝绸上绣着许多对龙。

这只是店铺的一角。

“你这儿东西不少。”艾米莉淡淡地说，嚼起坚果和葡萄干。她讲话流畅，语气波澜不惊，有着官方声明的架势，仿佛下一秒她会宣布女王受了点凉，得在室内休养。

“呃，初夏不是旺季。但接下来，会有很多，嗯……不是很多，会有一些游客来。目前我们手上的存货还不少，并不是因为这地方不适合开古董店。”莫里斯支支吾吾了一堆借口。他自觉有义务向这个女孩说明店里不得体的混乱状况是常态，让她从一开始就为最坏的情况做好准备。然而，她却漠不关心地边吃葡萄干边吐着籽儿。

室外，令人昏沉的热浪中，一个孩子穿着松垮的短裤和脏T恤，脸上糊满果酱和巧克力，像戴着张面具，正在用一根长棍子戳污浊的下水道。除此之外，万籁俱寂。莫里斯感到窒息，他打开门，一阵快腐烂的肉的臭气从隔壁肉铺传来，给他的肚子来了一拳。他们店铺的隔壁，是一家快破产的卖烟草和糖果的商店。泛黄的报纸和变味的香烟旁，一间拉着帘子的屋子里，罹患癌症的店主正一步步走向坟墓，而他的妻子肤色白得像新出炉的面包，一瘸一拐地招待着稀稀朗朗的顾客。玻璃罐中，梨子糖慢慢凝结成蓝灰色的大块，强劲薄荷糖逐渐消解成芳香的尘埃。

路的对面，被丢弃的报纸扬起破碎的一页，那里有一家门面气派的大型洗衣房，高耸的烟囱和不停歇的机器轰鸣，其规模和繁荣暗示着这个世界有多么肮脏。

“那个孩子该去学校上学，”蜂鹰观察着他，“为什么没去呢？也许是得了传染病。”

店里唯一的声音，是艾米莉嚼坚果发出的轻微嘎吱声。猫从她的膝盖跳下，伸展身体，每一条腿都拉得惊人的长。它的步态缓慢，又有些摇晃，还没完全脱离药效，懒散地以慢动作抚弄着新艺术风格[1]罐子里参差的孔雀羽毛。

“你的猫叫什么名字？”莫里斯礼貌地问道。

“汤姆。”她说。

---

1 新艺术运动（Art Nouveau），十九世纪末二十世纪初在欧洲和美国诞生的影响较大的“装饰艺术”运动，涉及建筑、家具、首饰、服装、雕塑、平面设计和绘画艺术等多个领域，主要特点是强调手工艺，反对工业化，倡导自然风格，探索新材料和新技术带来的艺术表现的可能性。

“为什么叫这个名字？”

“因为它是只没绝育的公猫。”

“那它会在房子里四处‘喷射’吧？不会很麻烦吗？”

“它想怎样就怎样。总不能为了让自己方便就去阉割谁，对吧？”

粉色的小口撂下这句狠话就紧紧闭上了。莫里斯后悔提起这个话题。艾米莉又做出惊人之举：她没解鞋带直接踢掉那双撞色的鞋子，脱掉一只脚上的白色长袜和棕色丝袜，与此同时，另一只脚去够一个隆起的小脚凳。脚凳上装饰着刺绣，大约是某个维多利亚时代的老处女用点针绣法绣的，图案是一座村舍和一个拿着牧羊曲棍的农民（如今刺绣已被蛾子啃食得残破不堪）。她从粗呢包里拿出一个小瓶子，一只脚搭在脚凳上的另一只脚上，开始涂银色指甲油。她的动作一丝不乱、冷静沉着，莫里斯为之震惊。他在她身边徘徊，想找点话说。

她先涂好了大脚指甲，翘起来摆动着观察涂的效果。她的脚趾似乎能灵活地抓取东西。她自顾自地点点头表示满意，继续涂其他的，直到所有脚指甲都涂成银色。她扯下另一只鞋、白袜和丝袜，开始在那只脚上忙活。蜂鹰像是被女孩的全神贯注所感染，他随手拿起一把掸子，在店里四处掸灰，所到之处升起朵朵烟尘。

他自顾自地唱着：

摇吧，摇吧，宝贝，让我在大椅子里摇晃，
摇吧，宝贝，直到我眼花缭乱一切忘……

艾米莉抬起头，蓝色的眼睛望向蜂鹰墨镜后那潭不透光的池水。歌声逐渐消逝。这是一个亲密的时刻。莫里斯离开去后面的小屋，那里是洗手间，他去解手好让两人独处。

院子里，阳光像从袋中倒出似的倾泻在他的头顶。他仰起脸对着太阳，像服用药物一样，将这姿势维持了几分钟。后墙缝隙中的蒲公英，自从上次他看见以来，形状已从太阳变成了月牙。他摘下一朵，吹走孢子，一朵，两朵，三朵。静寂无风，朵朵小伞飘浮着，轻盈地围绕着他。“三点钟，下午茶时间。”艾米莉肯定会为他们泡上一壶茶。不知为什么，他相信艾米莉的手艺不错。

蜂鹰反戴着帽子，像街头小混混。他进到院子里，莫里斯正站着出神，手里握着一根秃了的蒲公英茎。他扔掉蒲公英，捡起一封信。信想必是从投信口里塞进来的，落在门垫上，无人注意，从上面落的灰尘来看，已经有些时日了，如今又印上他们三人进门时重重的脚印。信上有三行潦草的文字，写着些自我贬低的话，还郑重其事地原谅了蜂鹰，并留下一个地址。签名是一团花哨的、难以辨识的花体字，上方像是戴着一顶小小的三角帽，隐约看出是声调符号。她总是在“吉斯莲”上签一个声调符号。莫里斯丢下信，像是被刺痛了。

他正准备说话，蜂鹰却将手指抵在他唇上，以示警告。从他们头顶的窗户里传来陶器叮叮当当的碰撞声和汩汩流动的水声，在莫里斯的印象中，这扇窗户好像从未打开过。显然，艾米莉在楼上简陋的小厨房里忙活起来了。抵在莫里斯唇上的手指颤动着——蜂鹰笑得浑身发抖。他今天一直在笑。他掏出他招摇的金色大打火机，点燃了信。耀眼的阳光下，火焰苍白暗淡，仿佛无力将那片纸燃尽，而神奇的是，纸片终究是黑了、碎了。不知为何，莫里斯伸手去抓悬浮在空气中的碳化残片，当他张开手，留下的却只有横穿手掌的一条深色烟灰。

“她在爬回来找我！”蜂鹰小声说，“噢，天哪，多有意思啊！你怎么想？我都想娶她了，差不多——不过，她得为我再爬得远一些，爬到膝盖血肉模糊，可怜的小姑娘！”

他晃晃悠悠地打着嗝，在院子里转来转去，对着墙弹跳，将帽子扔到空中再接住。莫里斯的舌头舔着牙齿，牙又开始疼了。也许是神经性牙疼。他想回家。

他会回家，尽快远离蜂鹰。他会从隔壁快倒闭的糖果店买一盒巧克力给埃德娜，跟埃德娜共度一个安静的夜晚，尽力对她温柔，允许她拿着毛衣在他身上比对。也许他会打电话给医院，问问吉斯莲的情况，如果埃德娜认为他该这么做的话。将来，他会远离这家店；将来，他会尽量少见蜂鹰。事情越来越复杂了。他转过身去。

蜂鹰紧紧抓住他的两个肩膀。

“莫里斯，别走！为什么走？你要去哪儿？我还打算咱们今晚一起出去玩呢。我去伦敦之后，你有出来玩过吗？”

“没有。”莫里斯含糊地说。他并没有设法逃走，虽然他知道自己该走。

“莫里斯，在进城的路上，我看到一些房子腾空了，就在威廉广场附近。老房子，房客才搬出来。我想那儿应该没什么人了。咱们今晚要不要过去，看看能淘点什么？”

莫里斯犹豫了，他细嗅这诱饵，最初不太情愿，可终究还是经不住诱惑上钩了。

“都是很有意思的房子是吗？”他说，“又老又大，威廉广场的房子。”

“非常空旷，非常宏伟，非常非常老旧。”

莫里斯舔了舔干涩的嘴唇。“咱们上一次出去已经是好久之前的事了，真怀念这感觉。”一个瘾君子在长时间的戒断后，小心翼翼地向注射器伸出了渴望的手。

蜂鹰的鱼上钩了，他叹了一口气，或许是松了一口气，摘下墨镜擦拭起来。他只有在尤为自信的时候，才以这种方式揭下面具，因为他不喜欢暴露眼睛。他的眼大而苍白，有着纤长的金色睫毛。硕大的眼睛在阳光下眨巴、躲闪，像害羞的孩子。他为偷窃而生的灵巧双手，优雅地摆弄着墨镜。多么美丽、粉嫩的手呀，好似蝴蝶一样。但是，这双手颇具欺骗性，其实异常强壮，并不似外表那般。莫里斯见过他用这双美丽的手将电话簿撕成两半。这双手脏兮兮的，指甲里隐约可见锈迹，如干血的锈迹。

艾米莉喊道：“我沏了茶，想喝就过来。”

“你需要喝杯茶。”蜂鹰关心道。他将假鼻子推到额头上，好畅快地呼吸，样子十分滑稽。

“你头上长角了，看上去像只独角兽。”

“是吗？这会让你重展笑颜吗？我想让你笑。莫里斯，你今天确实有点低落。来呀，给我笑一个！”他围着他上蹿下跳，做着鬼脸，但莫里斯并没有笑。

厨房里，艾米莉站在水槽旁，手里拿着一盒结块的清洁粉。她是个强壮的女孩，自立的女孩，可能会成长为女统治者（或是男统治者，如果忽略她那汹涌的胸脯，毕竟也可能是假的）。她干脆利落地撕开纸盒，刮出一把硬邦邦的清洁粉。锅碗瓢盆像在飞向她，短暂地经过她强壮的小手变得闪闪发光，跟电视上洗涤剂的广告一模一样。厨房看起来比之前干净多了，清甜的空气从她费尽心思努力打开的窗户外飘来。她把蜂鹰的一件衬衫系在腰间做围裙，猫儿在她脚边徒劳地扑腾着苍蝇、蜘蛛和肥皂泡。他俩把喝完茶的空杯子放在沥水板上，她没有抬头。然而当蜂鹰轻舔她的颈背时，她一边享受地扭动着，一边冷冷地说：“别这样。我在认真打扫呢。”

“亲爱的莫里斯，帮我卸货吧。”蜂鹰说。他的货车上塞满了板条箱和纸箱，他俩一起将货物搬进店里。一个板条箱里掉出一只巨大的纸板脚，上面长满纸板做的疣，好似蟾蜍。一组纸板爪子从箱子口伸出。蜂鹰兴奋地大叫，把它们捡起来。

"我一直想要这么个东西。"他说，然后欣喜若狂地把它握在胸前。一束阳光击中他，点亮他身上的所有鲜艳的色彩，将他额头正中的假鼻子染成炽烈的红宝石。蜂鹰戴上一组假鼻涕，灰色塑料珠子从鼻孔滴到嘴上，莫里斯静静地享受着这转瞬即逝的亲密一刻。

"塑料鼻涕。"他惊讶地说。

"我在买阳具玫瑰的地方买的。你喜欢吗？包装上写着：'用塑料鼻涕恶心你的朋友吧。'"

"恶心你的朋友。"我喜欢我那位名字带H的甜心——他的名字就叫甜心，他的爱好都很可怕。[1]

带或不带小胡子的假鼻子，吸血鬼牙齿，假疖子、溃疡和痘痘，假络腮胡，塑料狗粪（商标为"淘气的小狗"——他会趁人不注意留在饭店或酒馆里，脑补下一批客人的不适），爆炸香烟（棕肤的小个子布鲁诺就是因此跟他结下了梁子，蜂鹰曾给他一根爆炸香烟，结果把他卷曲的小胡子烧焦了，那胡子是按照萨尔瓦多·达利的样式精心修剪的——而且蜂鹰用这香烟换走了他的大麻）。这奇趣袋里的东西层出不穷，蜂鹰也不知疲倦地乐在其中。他以野蛮的打闹剧、响屁垫、橡胶煎蛋和黑脸肥皂来与这个世界

---

1 Honey（甜心）和horrible（可怕的）都以h开头，蜂鹰（Honeybuzzard）在文中时常被亲昵地称为"Honey"。

对话。“我想要个爆炸避孕套。”他曾说过。甚至做爱都是玩笑，野蛮的玩笑。莫里斯想，那时，蜂鹰是否在笑，他漂亮的手握着尖刀一步步接近——不，不，他不想去想。

他想被塑料鼻涕逗乐。曾经，在吉斯莲出现之前，他一次又一次被奇趣袋里的东西逗乐，没有什么能让他那样放声大笑。现在，他却难以被逗笑。他依然努力挤出了一丝勉强的微笑。蜂鹰穿着一只假脚拖着步子，和他一起将所有箱子搬进店里。后来蜂鹰厌倦了，留莫里斯一人拆箱。

“我要制造一个秘密。”蜂鹰说。他张罗了一套幼儿园手工用具，有剪刀、胶水、纸和水彩颜料，在后面的桌子旁坐下。这些东西在他面前筑起一道城墙，他开始勤劳地工作。

莫里斯拆开一层层用作保护的报纸，里面有帽子、靴子和假花，还有一顶粘着人造珠宝的冠冕。他拿出冠冕，一颗巨大的绿宝石钝声落地。艾米莉的猫从厨房过来探寻，立刻扑上去要杀了它。绿宝石的尸体滚到蜂鹰脚边，他正沉浸在精美的剪纸作品中，懒洋洋地抬起脚，一脚将它踩扁。玻璃珠宝碎了。莫里斯耸了耸肩，将损坏的冠冕小心翼翼地放在阿伯茨福德椅的把手上。他从包裹里拿出一件装饰着假貂毛边的丝绒袍子，展开时一丛丛绒毛飘落在地。袍子之后是一条白色母鹿皮七分裤，上面有明显的污渍。

“嗯……”他说。

“我遇上了一家戏服店，”蜂鹰解释道，“她在那儿工作。”

“艾米莉？”

“当时她正在窗前缝着假发，一顶黑色的假发。我敲着窗户，直到她循声抬起头。”

“要把这些都摆出来卖吗？”莫里斯小心试探。

“我想，先不卖了吧。”这意味着东西是偷的。

“明白了。”他将东西窝成一团塞回箱子里，用纸填上缝隙，这时蜂鹰喊着：“不，不！”从他的作坊里跳出来，开始在旧衣服里疯狂扒拉。他拽出一件古怪的马甲，正面是暗淡的黑紫条纹，后背是闪亮的黑色绸缎。蜂鹰拿着它欣赏，莫里斯隐约在马甲后背上看到自己映出的脸。

“艾米莉说曾有人穿着它表演《厄舍古厦的倒塌》[1]。”蜂鹰说。他穿上这件新宝贝，搔首弄姿地整理着衬衫的袖子。他从扔在一边的皮夹克里拎出一只怀表（饰面是简朴可开合的银萝卜），放进马甲左胸的口袋中，长长的银表链挂在胸前。

“我看起来怎么样？很帅吧？”他欣喜若狂地露出歌舞剧式的夸张笑容，仿佛在说着“听我说，听我说，我今晚去看戏的路上遇到了非常好笑的事”。他昂首阔步，欢欣雀跃。莫里斯愉快地——他自己也承认——看着他。身着华服的蜂鹰让他心满意足。什么都没变。

---

1　十九世纪美国小说家爱伦·坡著名的心理恐怖小说。

“是啊，你帅呆了。但是一点都不像罗德里克·厄舍[1]，如果你想扮演的是他的话。”

“但是我想扮得像一个面临厄运的人！”

蜂鹰咬着他红润的下唇，将一片头发甩到脸前，故作阴沉。脖颈之上，他的脸突然化作詹妮·莫里斯扮演的桂妮维亚[2]，嘴唇如悲伤的石榴，两颊凹陷，笼罩着无尽的疲倦，饱经风霜。

“这样是不是更像？”

“更像了。”

他心满意足地回到桌边，剪刀继续咔嚓咔嚓地响起来。

“我喜欢，”他说得有些含糊，“我喜欢——你知道——自由地从这副躯体中进进出出。我每天早晨都想成为不同的人。我和非我。我想有一个柜子，里面装满不同的身体和脸，每天早晨我从中选一副新的。对了，再在扣眼里插上一朵玫瑰。昨晚，在俱乐部里我遇见一个男人，那个人唱着布鲁斯，衬衫里别着一朵红玫瑰，红得像自由帽[3]……明天，我也想穿上他……”

莫里斯没有说话，继续拆着箱子。下一个箱子里满是板球用具，球拍、桩子和护腿，散发着一个个夏日的汗味和热烈的青草味。他若有所思地看了许久，最终将一捆桩子摆进橱窗，

---

1 《厄舍古厦的倒塌》的男主人公，厄舍古厦的主人。

2 桂妮维亚（Guinevere），西方传说中亚瑟王的王后，因为与圆桌骑士兰斯洛特有私情而饱受舆论谴责，最终出家成为修女。

3 又称弗里吉亚帽。古时小亚细亚地区弗里吉亚人所戴，罗马时代为释放奴隶的标志。法国大革命期间作为自由的象征风靡一时。

放在装着主日学校[1]奖牌的塑料洗菜盆和盛满纸花的白色罐子之间。“谁知道呢，我们可以卖卖看，”他想，“毕竟现在正是打板球的季节。”

笔刷嗖嗖地搅动蛋杯里的水。蜂鹰现在在绘画。白色的袖子翩然起舞，白得仿佛雪花会从中飘落。莫里斯好奇着，悄悄靠近桌子。蜂鹰把所有东西一股脑儿捂在胸前，尖叫道：“这是秘密！等画好了会给你看的。”

莫里斯注视着另一个箱子，是恐怖漫画和怪物杂志。其中一本的封面上红色的字写着“魔女危机”。他把箱子丢在一边。

外面乌云密布，太阳被层云遮蔽，几滴硕大的雨滴噼啪落下。暴风雨要来了。莫里斯盼望着来一场猛烈的暴风雨，有雷、有电，有倾注而下的雨，灭世大洪水再度降临。而他会顺势漂流而去，独自一人，成为第二位诺亚，乘着奔向海洋的阿伯茨福德椅，决绝地推开水中向他求助的面孔。“淹死吧，你们这些混蛋，淹死吧。”奥斯卡。埃德娜。他继续划水，转过脸去，他们就这样沉了下去，嘴里吐出一串串气泡。蜂鹰呢？蜂鹰的头发在水中轻柔地飘舞，他在大笑，在尖叫！他变成了一条水蛇，缠绕在椅子腿上。

“我永远都无法挣脱他。”

---

1　主日学校（Sunday school），又名星期日学校。1780 年英国出版业者、慈善家雷克斯首创，是在星期日为在工厂做工的青少年进行宗教教育和识字教育的免费学校。十九世纪上半叶盛行于英美等国家，后被公立学校取代。

时间流逝，像小沙粒从莫里斯的指缝间细细流下，发出沙沙的声响。外面，雨水落下，他几乎可以听见干涸、可怜的街道发出欣慰的叹息。一个女人在人行道上跑着，举着一张报纸遮住头发，湿透的棉裙子黏在身上。除了雨和蜂鹰的手，一切静止着。时间流逝，但一切未变。不会有什么大洪水。

她又一次走进他空荡荡的脑海，坐了下来。忽略她，不要想她——吉斯莲。想一想可爱的东西，想一想白猫、黑马甲和搞笑的万圣节假脚。艾米莉的猫恰好结束了院中的冒险，轻轻地走进店里，嘴里叼着什么东西，站在通向楼上的门前，含着嘴里的东西奋力地叫着。它嘴里是只死老鼠。

“噢，天哪。”莫里斯说，诧异得要哭出来。

“让它出去。它可能想把老鼠衔给艾米莉，真是聪明又忠心的猫。”

他放猫上楼，心里依然难受着。至少那老鼠已经死透了。时间流逝，蜂鹰突然停下手中的活儿，大叫一声：“我做完了！开灯，太暗了，看不清。”

莫里斯打开灯。蜂鹰举起他一直忙活的东西，扯着连着它的一根绳子。纸板腿和绿色纸板手臂伸出，一缩一伸，一缩一伸。原来他做的是弹跳人偶。弹跳人偶弹跳着，顶着一个黑色的大脑袋，长着一丛黑色的小胡子。莫里斯咽了咽口水，嘴里满是苦水。这弹跳人偶就是莫里斯。蜂鹰又扯了扯绳子，眼前的纸板莫里斯抽搐着，像是得了圣维特斯舞蹈症[1]。

“好看吧？好玩吧？”蜂鹰兴致高涨，“我在伦敦见过，在一家全是玩具的店里，有可爱的玩具、老旧的玩具。我想我也许可以成为一个玩具匠人，做弹跳人偶、玩偶盒、纸娃娃，拉下控制杆就会露出大牙咬你的老虎，还有唱歌的鸟儿！”

难道他没意识到自己做了什么吗？他没意识到莫里斯多想打他、揍他、伤他吗？他就这么不顾及他们的友谊吗——那是友谊还是……

就在这时，艾米莉的声音从楼上传来，宣告晚餐准备好了，蜂鹰丢下弹跳人偶，像是早就玩腻了。

“噢，可爱的女孩，她为我们准备了晚餐。去吃饭吧，亲爱的。”他拉着莫里斯的手，像个孩子一样急切。他的毒戒指上有一个浮雕头像，像他自己的头一样美丽而神秘。他的触碰温暖又干涩。他肉体的接触，熟悉的戒指的凹凸感，他声音中突然涌现的爱意，让莫里斯悄然原谅了他，跟着他上楼去了。但是他想，一有机会就去烧了那个弹跳人偶。

空荡荡的店铺，依旧燃着灯。雨下了片刻便停了，太阳重新照耀大地。

---

1 圣维特斯舞蹈症（St. Vitus’ dance），也称毒蛛舞蹈症，有人认为是被塔兰泰拉毒蛛咬伤所致。中世纪后期，人们认为要解这种毒必须不停地跳舞。

# 六

“我不介意去酒吧，”莫里斯夜里晚些时候说，此时回家已太晚，“只要不是我一个人去，我就不会害怕。”

“那我们一块儿去，”蜂鹰说，“说不定在酒吧玩完后哪儿还有派对。我想去派对，可以跳舞。”他告诉艾米莉，“这是你在这儿的第一个夜晚，一定要去酒吧。大家都会去，你正好见见，可热闹了。”

酒吧里人满为患，却几乎鸦雀无声。他们目睹的第一件怪事是亨利·格拉斯的胡茬边缘新长出了粉刺。他蜷缩在角落，头顶上方的墙上挂着一把不知名的无弦曼陀林。第二件怪事是，他无心打理、胡子拉碴的面颊上淌着汹涌的泪水。

“奇怪，”蜂鹰低语道，“他不是变得很干净了吗？”

莫里斯向他们认识的一个娇小的蓝眼睛女孩打听。女孩金色的长辫子正在她自己的半品脱苦啤里摇晃，而她并未留意。她压低声音告诉他们：“是因为他妻子，她自杀了。”

蜂鹰面无表情，甚过巴斯特·基顿[1]，诡秘地把手放在嘴上，他笑了，露出满口逼真的吸血鬼尖牙。如此残忍肆虐的姿态，是他的回应。

“你这头蠢猪！”蓝眼睛女孩珍妮愤然道，抬手给了他一个耳光，蜂鹰脸上留下红通通的印子。他继续笑着。她曾爱过他，滚过他的黄铜床，用他的萝卜怀表看过时间，照着他的墨镜梳过头，直到他玩腻了，把她轰了出去。那时她还爱着他，现在已不爱了。

莫里斯不怎么认识那位已故的女士，只是偶尔在街上碰到时致以无言的微笑。那时她身怀六甲，像雪人一样柔软庞大，身材毫无曲线。她不是在熟食区比画着手语买血肠，就是在街上小心地保护着她沉甸甸的肚子和沉甸甸的购物篮。而此时此刻，莫里斯却无以名状地动情了。

他追上拂袖而去的珍妮。

“孩子怎么样呢？”

“医生剖开她的肚子把孩子取了出来，可是已经死了。他去摸了摸，太痛苦了。”

“是啊。”莫里斯说。亨利·格拉斯坐在那儿，凝视着面前的空玻璃杯，仿佛在用啤酒泡沫形成的图案练习占卜，可他只读出了痛苦。他是全世界痛苦的焦点。

---

1　巴斯特·基顿（Buster Keaton，1895—1966），美国默片时代的演员、导演，以“冷面笑匠”著称。

“他妻子为什么那么做呢？”

“她不明白，”——她瞥了一眼蜂鹰，压低声音——“关于你知道的那个人。她以为是亨利·格拉斯划伤了那个人，她无法忍受，怀着孩子也无法忍受。没有人能看懂她留下的遗言，是芬兰语写的，拼写也一堆错误。他们最终只好联系芬兰领事。真是悲惨啊。”

“噢，天哪。”

珍妮过去坐到亨利·格拉斯身边，握住他冰凉的手，没再看他们一眼。

“拜托，咱们还是别在这儿了，”艾米莉急迫地说，“咱们打扰了大家。”

“那是他们的麻烦，不是你的麻烦，”蜂鹰说，“况且他们又没包场。”

“不过，咱们还是走吧——”

这时，亨利·格拉斯稍稍起身，似乎想跟他们说话，可还未张口又重重地跌坐回去。站在他身边的人全都转向他们。三人似乎面对着一支行刑队。莫里斯的神经崩溃了，他夺门而去。艾米莉拉着蜂鹰紧随其后。他们从一排冰冷、谴责的目光下侥幸逃脱，潜入黑夜之中。

“吉斯莲，”莫里斯怔怔地说，“吉斯莲。要是我把她带回家，这些就不会发生了。”

酒吧成了法庭，他们站在被告席上，遭到了指控。不是吉斯莲，而是他和蜂鹰，他们两人或其中一人会被判定应为这起既不相关又无意义的悲剧承担责任。莫里斯也在自责。

要是他把那个姑娘带回家就好了，就像他后来认为他应该做的那样，给她温暖和安全感，她就不会绝望地去找亨利·格拉斯。在那个一切该做之事都做好了的时空，格拉斯夫人此刻正搅动着晚餐的汤，拉上地下室雪白的窗帘为亨利·格拉斯挡住夜色，他有家，有家人，有完整感和安全感。可是，在莫里斯是莫里斯且只能按莫里斯的方式行事的世界里，格拉斯曾拥有的一切已不复存在。

“那是谁？那个复杂的名字？”艾米莉压低声音问。

“他在说他的一个朋友，”蜂鹰流畅地回答，“他认识的一个姑娘。”

他抱起艾米莉，亲了她一口。嘴唇触到她的那一刻，她轮廓分明的脸闪耀出奇幻到不真实的甜美笑容。那是她那天第一次真正地笑。在此之前，从今早莫里斯在咖啡厅第一次见到她开始，她从未露出过真实的笑容，直到此刻在蓝色的暮霭下，蜂鹰撒了个谎后吻她。

两人送她到店门口，她注视着他们开车离去。车子渐行渐远，视线中她的脸早已模糊不清，她毛衣上的白色条纹依旧光芒熠熠。她会不开灯直接走上楼，脱掉鞋子，躺在下午她刚刚铺上新床单的巴洛克式黄铜床上，把猫搂入怀中，将脸埋进猫绵密柔软的毛发里一遍又一遍地摩挲寻求安慰（或许如此），直到它挣脱开。她方形的脸一片淡漠，又回归淡漠。

“可怜的亨利·格拉斯。”当艾米莉的身影消失在他们的视野，莫里斯轻轻地说。蜂鹰咆哮起来。

“别再虚情假意地同情格拉斯一家了好吗？”

“虚情假意？”

“要是那个不幸的格拉斯太太和十二个身材一样的孕妇站在一起，你根本就认不出她，尤其是她们都拎着购物篮时，我每次看见她都拎着呢。你都不认识她，还在为她难过什么？”

“可是，难道你不为可怜的亨利·格拉斯而难过吗？还有那永远无法降生的孩子。”

“不要打扰我。”

车子继续前行，两人陷入苦涩的沉默。莫里斯忍不住想象亨利·格拉斯回到空荡荡的地下室，绊倒在他为自己的孩子亲手制作的、擦得干干净净的木摇篮上（他是会做这些东西的）；在放女士内衣的抽屉里，他发现被藏起来的婴儿衣物；在浴室架子上，他看到用了一半的口红，心中悲痛到无法形容，还有依然湿润的洗脸巾。

“事情怎么会这么惨，”他打破沉默，“这是个不祥的春天。我深深为他们而难过。”

“他们都是影子，你怎么会为影子难过呢？”蜂鹰的声音很刺耳。莫里斯隐约只能看见那张软嫩似水果的脸在黑暗中的侧影，这样看，这张脸并不柔软，更像一把利刃，坚硬如金刚石一般。

他们在一条昏暗无人的街道停下，路灯在碎裂的路石上投下孤独的光圈，冷冷的像小水洼。他们走了一段距离，来到一个怪异的广场，广场的空地上到处扔着臭气熏天的垃圾。瘦骨嶙峋的食肉野猫，潜伏在打翻的垃圾桶内，广场两侧的房子，百叶窗上都钉着密不透风的木板。白色的告示贴在油漆斑驳的门上随风飘动，宣告着市政府将要拆除这里所有的房子。他们下了车，既没有说话，也没有看对方。

“真希望我可以直接从他身边走开。他没有心，他的胸腔里是一台电脑。真希望就可以这么走开。”

是回家？还是远走高飞？试着去安慰可怜的亨利·格拉斯？带上葡萄或鲜花，去看望让人心疼的吉斯莲？还是去找可怜的艾米莉，给她些忠告？她对蜂鹰笑时光彩动人，却不知道他终将会怎样对待她。抑或是尽量修补自己千疮百孔的爱，回到可怜的埃德娜身边？他想像传教士一样，将自己的同情传遍世界。

但是他那怜悯之心可用之处如此复杂，让他眩晕。这世界上有太多东西需要怜悯了。他早就厌倦了一切他不得不怜悯的东西。他继续走着，走下一片死寂的街道，耷拉着头。

一轮蒙纱的月亮爬上屋檐。温暖的夜晚，空气像可可般棕红浓厚。脚步闷闷的，似乎被浓稠的空气捂住了声响。

“这儿可以。”蜂鹰说着，在一条狭窄的小路前停下。

他们蹑手蹑脚地沿小路进去，来到一片繁茂的花园，花园的土地被白天的雨水浸透。他们的鞋跟踩在湿润的杂草上发出尖锐的吱吱声。两人已身经百战，熟练地在被选中的房子后面找寻脆弱的突破口。

这一晚，他们接近的第一座房子有个黑黢黢的竖井，可能连着一座煤库。蜂鹰耸了耸肩，脚向下钻了进去。传来短暂的喘息声和刮擦声，他的脸出现在莫里斯匆忙擦亮的火柴下，笼罩了几团奇怪的阴影，仿佛被通风口内的降神会消除了实体。

“我斜着探出身子，”他说，“下面有段陡峭的斜坡，很黏腻，之后你会落在软软的东西上。我想应该是煤粉，希望是煤粉。”

一阵窸窣，他消失了，莫里斯也跟着他下去。腹地深处温暖潮湿，有着煤炭刺鼻、纯净的气味。一个柳条筐在角落里缓慢地舒展着身子，还有一沓有趣的报纸，用绳子捆得整整齐齐，他们解开来翻阅着。魔法开始在莫里斯身上起效。在这与世隔绝的黑暗之处，莫里斯读到一篇关于他十五岁那年发生的一起残忍谋杀案的报道，他看着照片中被时间染成棕色的凶手的脸，感到安心。他看得入迷了。

此时，蜂鹰正穿行至厨房，在一堆被丢弃的破烂里翻找。茶包上画着一位戴圆形钢框眼镜的年长女士，正陶醉地捧着热气腾腾的杯子啜饮；忍冬牌香烟的老包装印着威廉·莫里斯[1]设计的绿紫色纹样，写着华丽蜿蜒的花体字；一个盒子上，“阳光

---

1　威廉·莫里斯（William Morris，1834—1896），十九世纪英国艺术与工艺美术运动的领导者，其纺织物、家具和墙纸设计至今流行于世。

吉姆”迈出黄色的腿，头发翘挺挺的，这是“力量”牌早餐的包装盒。碗橱里，在一包陈年的、已经硬化的艾普斯牌可可粉旁边，他找到一顶被老鼠啃过的草帽，上面缠着一条褪色的学院风蓝金色缎带。蜂鹰戴上这顶帽子，面容变得柔和起来。

“今晚，我将是一位歌舞艺人。”他大声说道，咧开嘴笑着，像一片西瓜。

他觉得墨镜阻碍了他演戏的进程，干脆收进口袋。他手中举着一支蜡烛，白莹莹的烛光将他的脸染得煞白，好似他生长于了无生气的黑暗地下。他着手将可以带走的东西堆成一摞。一只宜人的维多利亚式宽肚黑釉炖锅，显然是用来煨比顿夫人[1]汤的（可以小火慢慢煨上一天），锅的内部需要好好上层锡了。一只缺口的陶制大水罐，隆起的胸部上有一个酷似内衣的简单图案。一个蛋糕罐头，是爱德华七世和王后加冕的纪念品，两人的脸被蔷薇、蓟和韭葱包围，透过一层大不敬的灰尘，以立宪君主谦逊的傲慢凝视着前方。狭长阴冷的厨房里，石板地的寒气渗透蜂鹰未修补的靴子。他四处寻找莫里斯，却生气地发现他不在这儿。

“时间不多了！”他朝地下室喊，莫里斯正坐在旧报纸堆里。蜂鹰站在门口，将头上的草帽向前一压，为莫里斯跳起步

1　即伊莎贝拉·比顿（Isabella Beeton，1836—1865），英国著名家政和烹饪作家，代表作《比顿夫人的家庭管理书》。

态舞[1]。

看他们曳步而行——欧耶!

一路慌乱——欧耶!

看那些小鬼尽情摇摆,

像老小姐那样尽情摇摆——

“这帽子不错。”

“很合适吧?这是一顶开心帽,我戴上就会开心的帽子。”

“有我的吗?”

“可能还有。住在这儿的人似乎所有东西都留着。”

他们再没找到一顶完好能戴的帽子,老鼠把楼梯下整个橱柜的软毡帽、高尔夫提洛尔帽和洋葱贩贝雷帽都毁坏了,啃得面目全非。不过,他们找到一件斯特普托[2]灰色法兰绒无领衬衫,完好地装在纸袋子里,把衬衫抖出来时,樟脑丸如冰雹滚落在地。莫里斯满意地摩挲着衬衫。

“布料真好,”他说,“不管是谁如此爱惜地把它收起来,都不会想到……”他的声音渐渐弱了。想到这衬衫原本是小心翼

---

1 又叫糕饼舞,一种美国爵士舞,起源于美国黑人的快速走步竞赛,优胜者得到的奖品是糕饼,所以也称之为“糕饼竞赛”,演化成舞蹈后被称为“糕饼舞”。

2 英国广播公司(BBC)1962—1965年播出的四季情景喜剧《斯特普托和儿子》(*Steptoe and Son*)中的主角,父子二人是收破烂的。此处形容这件衬衫与斯特普托穿的样式类似。

翼地为某人保管，如今那人却已无足轻重，他一阵心酸，缄默不语。

这时蜂鹰抓起一盏货真价实的老煤油灯，喉咙深处发出海狸般细小的声音，兴奋地奔向厨房把油灯放在越来越高的货堆上。灯上布满灰尘，在昏暗的壁龛里时，轮廓都模糊了。

“这东西就值这一趟了！擦干净，可以跟美国人卖到十二镑十便士！”

他们主要是找能让美国人上钩的东西。在面积和年代与这栋相似的房子里，他们寻找古怪的维多利亚时代和爱德华时代古怪的小物件，擦干洗净或重新上漆后可以当重点藏品卖掉。虽然总有机会见到嵌入式家具，如橱柜、角柜、带靠背的窗边座位等，这些家具与房子一样的年岁，若能巧妙地将它们从房子上分离，再清洁、抛光，便可名正言顺地称作乔治时代或摄政时代的物件，但这样的发现少之又少。他们主要依靠的是蜂鹰所说的“《观察家报》[1]上的那种家居设计”——壁炉上赏心悦目的瓷砖，壁炉本身，或偶尔收获的维多利亚中期的样式怪诞的陶器，如过分装饰的马桶、洗手盆，甚至还有夜壶。有一次经历很值得纪念，他们淘到一个坐浴盆，上面有生动的手绘，图案是有仙女和牧羊人的田园风光，他们将它卖给了一个目露疑色、咯咯傻笑的平头广告商，那人是从底特律来度假的。他们

---

1 《观察家报》(*The Observer*)，创刊于1791年，是英国最早的星期日报纸。

还收集早期的煤气配件，装在电灯上别有一番格调，有时来店里的人饶有兴致地赏玩这些东西，他们就回答说："刷上白漆就搞定了。"美国人似乎是生活在对维多利亚时代物件狂热痴迷的梦境中。

他们搜集煤油灯，偶尔还会碰见几件精美的瓷器、陶器、铜锅，或是在阁楼里随着年月破碎的老旧印刷品，这些东西很少也很珍贵，是他们收藏生涯的闪光点。

在废弃之地的黑暗中爬行、窥探、寻觅也是一种乐趣。如果这就是这些探险的真正动机，那他们甚至不曾对彼此坦然吐露，只是暗自珍惜这份快乐。

从生意的角度说，那一晚他俩是失望的。他们期待在这座老房子里找到的精致壁炉都不在了，看样子是有人捷足先登。有一件弃置的沙发，翻倒在地，几乎被虫子蛀空了，手指一碰就化成灰烬。除此之外，他们找到的唯一家具，是一把靠背破损的莎草坐垫椅子，爱德华时代早期的东西，样式朴素但还算令人满意，椅子的一条腿裂得严重，莎草坐垫也起了毛，像是被金凤花姑娘坐过的熊宝宝的椅子[1]。他们争论了一会儿，最终决定把椅子留在那儿。

---

1 化用英国作家罗伯特·骚塞创作的经典童话《三只熊》（*The Story of the Three Bears*, 1837），又名《金凤花姑娘》（*Goldilocks*），民间亦有相似的版本。故事讲述了一位小姑娘在森林里迷了路，误入熊的家，她看见家里有大、中、小三把椅子，就分别试了试，结果最小的那把最合适，她坐在椅子上舒服地摇晃，不小心把小椅子摇垮了，而这把小椅子是熊宝宝的。

浴室肮脏，散发着恶臭，断水后被许多流浪汉占领过，显然是1914年之后的风格。唯一值得称道的是一只陶制马桶拉手，以蓝色的手写斜体写着“拉”，四周环绕着模制叶环。他们店里已经有满满一抽屉这种东西，需求量低得让人沮丧，可是蜂鹰喜欢，他屏住呼吸靠近散发着令人窒息的排泄物气味的马桶，猛地从链子上拉下拉手，放进口袋里。

高层有间屋子，封上的窗外有护栏，曾经是间育儿室，屋里有一个被强暴了的玩具娃娃。有人用刀刺入它装着锯屑的躯体，所有衣服都没了。那沾沾自喜、玫瑰色的蜡脸，正甜蜜、呆板地笑着，金色的卷发被扯光了。这幸存的笑容如此平静自信，莫里斯拔下它的脑袋想带回家。这娃娃让他想起一个人，但他想不起是谁。

他们举着蜡烛一前一后，大概穿过了整座建筑，来到一个狭长高顶的房间。房中有一面镜子，映出他们举着的烛火，镜子下空空荡荡的缺口应是之前壁炉所在之处。巨大的镜框镶着丰富的装饰：葡萄串，花结，丝带，长着角和胡子的小萨梯[1]，在一簇簇橡果和橡树叶之间探出他们偶蹄形的脚。

“这太大太大了，没法带走。”蜂鹰遗憾地说。

镜子像铃铛一样明净清晰、完美无瑕，上面却满是用肥皂

---

1　萨梯，即古希腊神话中的牧神（潘神），半人半兽，长着人类的脸、羚羊的角和耳朵、马或羊的蹄子和尾巴。萨梯生性好色，往往喝得半醉，整天沉溺于玩耍与跳舞中。

乱写的污言秽语。蜂鹰一字一句地读着能认出的字，将蜡烛递给莫里斯，摸索着自己的口袋。他掏出一根口红，转到最长，用它瞄准莫里斯。

“从你口袋里掏出什么我都不会感到稀奇的。”莫里斯不为所动。

蜂鹰在空白处画了一个圆滚滚的大红心，以一支歪歪扭扭的箭刺穿。他顿了顿，一边前后调整着帽子一边沉思，用孩子气的大写字母在红心中写下：

“艾米莉爱哈里森·洛厄尔。”

“你为什么叫自己哈里森·洛厄尔？这个名字也太奇怪了。”

“这是我的真名。”

“噢。”莫里斯清楚蜂鹰在撒谎。但又有什么关系呢？这是蜂鹰最极端的一种谎言，不做逃避，而是对真相简单地否定。“这是你的手帕、香烟还是女人？”“都不是。”当这样的谎言被质疑时，他会发疯似的坚持，仿佛他真的相信。

他突然从莫里斯手中夺过那两根蜡烛，小心地放置在壁炉基石上。“莫里斯，这真是个好房间。这么漂亮的房间，以前可能是个舞厅，白皙的肩膀像雪一样柔软的白鸽，在镜子里栖息。还有老派的华尔兹。”

他哼着《蓝色多瑙河》的前几小节，伸出手臂。“我们跳舞吧？我今晚想跳舞，那就跳起来吧。”

莫里斯投进他的臂弯，两人绕着房间转起圈来。莫里斯更高，不自觉地跳起男舞者的步伐，蜂鹰弯着身子跳着女舞者的动作。他现在又是谁呢？一位雍容华贵的夫人，一位偷心的蝴蝶贵妇，用发夹刺穿他们的心放在玻璃盒中？莫里斯也渐渐沉迷于这个游戏。

两人转了一圈又一圈，舞步越来越夸张放纵。他们正在鲁里坦尼亚王国[1]的宫廷参加一场大型舞会，莫里斯胸前的奖章叮当作响，穿着马刺漆皮皮靴的双脚闪闪发亮，蜂鹰高高隆起的发髻别着国王掠来的钻石，雪白的胸脯上也挂着一串，随着沙沙响的衬裙浪涌起起落落。跳完第一圈后他扔掉了草帽，草帽像套圈游戏的铁圈，滑到了房间的另一边。

两人的身影水乳交融，在镜子昏暗的表面泛起涟漪。镜中时而映出他们脸上苍白的乱影，以及优雅地摇摆着四三拍节奏的身体，一双影子在华尔兹舞厅的墙壁上转个不停。他们放声大笑，气喘吁吁，在一百架小提琴无形的华丽乐音中急速回旋。闪闪烛光时而点亮他们的双脚，接着便又回归黑暗之中继续舞蹈。他们即将迎来这支舞盛大的高潮！

“嗒——嘀嘀嗒——嘀嗒！当，当！”

到了分立行礼的时候，蜂鹰却突然无法自控地猛地抱住他的搭档，汗湿的脸深深埋进他的肩膀，淤青的手指紧紧抓住他

---

1　一个虚构的国家，最初出现在安东尼·霍普（Anthony Hope）的小说中，位于欧洲中部。后诞生了“鲁里坦尼亚浪漫小说”这个类型，多为夸张的冒险故事，讲述贵族的浪漫爱情和钩心斗角。

的脖子和后背，湿润的嘴死死锁住他的喉咙，好似永不放开，直至整个世界在太阳中坍塌，最后一座钟塔在午夜敲响，一切都烟消云散。

蜂鹰尖针般的头发散发着强烈的黄色香水味，溢满莫里斯的嘴和鼻孔，滑腻的嘴唇撕扯着他的喉咙。莫里斯震惊得不知所措，他知道自己处在梦中，是吉斯莲跳到了他身上，正紧紧地抱住他。一阵惶恐中，他一次又一次使出浑身解数想甩掉身上的金色梦魇，他猛击它的身体，听着它叫喊，直到扣紧的手指松开。

蜂鹰滑落，跪坐在地板上。他颤抖着喘着气，脸上没有血色。莫里斯的眼前逐渐清晰，认出对方竟是他的朋友。“我做了什么！”

蜂鹰理了理头发，浑身发抖。他站起来去捡草帽。“我的开心帽，”他说，“可我在这儿再也不会开心了。”

他转身飞快地逃出房间跑下楼去，莫里斯紧随其后。离开成了一次慌乱的撤退，他们都是逃兵。这座房子变得邪气逼人，想要困住他们，施以可怖的预言。他们张罗起厨房里零星的收获，一边扔着东西，一边咒骂，艰难地摸索着爬上通风口，他们下来时可是相当容易的。两人一起逃窜，一起挤进货车。蜂鹰以不顾一切的速度开向店铺。他的牙齿打着战，脸上的神经抽搐着，而莫里斯却看出他正处于一种压抑却极致的兴奋中。

“我要把我的艾米莉顶得下不来床，”他说，并将钥匙串塞到莫里斯手里，“开车走吧，如果你需要的话，不然你得走好久才能到家。”

他冲进店里，重重关上身后的门。莫里斯发动了车。真是漫长的一天，结局竟如此诡异。这一天真是令人迷惑。

“我要好好睡一觉。”

他难过地记起，他没有告诉埃德娜自己晚上会在外面，他忧伤地预感到她痛苦的沉默，无言的指责。他在门廊脱下衣服，避免打扰到她，鬼鬼祟祟地溜进卧室。刚进屋关上门，她的声音从床上传来：

“莫里斯，是你吗？开灯吧，我没有睡着。”她听起来像是要感冒了。

他打开床头灯。她披着瀑布似的棕发从毯子中浮出，依偎在他赤裸的臂膀上。她眼眶红红的，鼻子肿着，但她没有感冒。她刚刚正埋在枕头里哭泣。是因为他吗？她还能为谁哭呢？

“埃迪，对不起。我应该给你留个言的。”

“噢，亲爱的，我好想你。你去哪儿了？”

“我和蜂鹰一起出去了。他今天回家了，回来了。”

她没有听他说什么，她的泪水溢满眼眶，倾泻而下。她不是在为他哭泣，因为她并没有开始说：“但是总有办法让我知道……”看来情况严重。

“埃迪，亲爱的，出什么事了？”

她擦了擦眼睛。“你听说亨利·格拉斯的事了吗？”

“是的，听说了，真是悲惨啊。”

“噢，莫里斯。”她并不是为亨利·格拉斯哭泣，是为别的什么事。她从枕头下面摸出一块浸湿的手帕，擦了擦鼻子。

“莫里斯，我今早听说了吉斯莲的事。我碰见了莉奥尼，奥斯卡的妻子，她今早正乘公交车去买东西。她告诉了我吉斯莲的事。”

“那你没有听说亨利·格拉斯的妻子——”

她没有理他，继续说道：“我今晚去医院看了吉斯莲，下了班直接去的。我觉得我应该去。”

又一串泪珠扑扑簌簌。“这是我今晚第二次见人哭。”莫里斯想。他温柔地握了握她的手，但她并没有回应。

“她整张脸，都蒙着绷带，像木乃伊。她漂亮的头发被剪掉了，因为护士说很碍事。她前一次住院时没剪头发，她说只要他们剪了，她就会寻短见。之前她整个人歇斯底里的，但现在完全不是这样了。”

“告诉我究竟怎么了。”

“我说我很抱歉，想帮帮她，为她做点什么，可她说：‘滚开，臭女人。’”她的声音在这残忍的话语之后碎裂成无言的啜泣，“她还问我干吗要多管闲事。”

所以其实是这个可怜的小东西捧出自己的同情心却被扔回了脸上，是这样吧？莫里斯反倒心想：“活该。”对着寒风倾吐同情心就是这样的下场。可是，他看得出埃德娜被伤得多深，毕竟她是他的埃德娜，他必须给她安慰。他抱住她，让她依偎在怀里，手臂搂着她瘦小的身体，直到她在啜泣中入睡。这时黎明将至，房中泛出白蒙蒙的光，早起的第一只鸟儿在路边的紫叶山毛榉上初试啼音。

# 七

艾米莉的心好似一间干净整洁、光线充足的大房间，里面只有为数不多的几件家具，都是手工制作，坚实而笨重。当她被一份情感左右时，这情感并不是随意产生的。此时，她的心正被一张大沙发或长沙发椅占据——那便是蜂鹰。为了给这件庞大沉重的新物件腾出空间，她移除了其他所有的情感家具——对父母、家庭和家乡朋友的爱——她目前心甘情愿让自己的心被这份爱独占，她静静地围着它观察，只要她还愿意保留它，便会默默享受其带来的欢喜。

对于她，情感的坚实并不意味着长久。艾米莉潜意识中有一句座右铭：眼不见心不烦。一如她满心兴奋、毫不犹豫地扔掉了那座巨大的衣柜——父亲，她的第一位英雄，里面装着积攒了二十年的记忆和爱的证明，只为给蜂鹰清出空间。因此，也许有一天当她遇见更让她兴奋的事物，抑或是她的美好之家更需要的物件时，她也会抛弃蜂鹰。她是一个慷慨的女孩，当她爱一个人时，便全心全意，却不一定长久。

她的衣服下、强健匀称的体内，安静的脸庞和坚实五官之间，有一种对占有的执念。她总是独自一人在家，与她关系紧密的人会很依赖她。一旦她将他们逐出她爱意的领地，他们便会落魄街头，成了无家可归的难民。艾米莉离开后，他的父亲夜夜凝视着他借以浇愁的啤酒（就像亨利·格拉斯那样），她苍白虚弱的母亲（身边围着哭泣的婴儿、蹒跚学步的孩童和不断吵闹的青少年）每晚向圣母玛利亚祈祷，希望她早日归来。（他们是爱尔兰移民家庭。）

但是谁也无法预知她究竟什么时候回来，她在蜂鹰的店铺和楼上的房间里舒适地安顿下来，沉浸在比亚兹莱[1]式的氛围中。黄铜床柱上闪亮的圆球夜夜与他们共振，在微缩扭曲的黄色世界里映出女孩和爱人纠缠的四肢。蜂鹰的房间会让一个不如他平稳安静的女孩失去平衡。

这房间是蜂鹰呈现给世界的人格结晶。一面墙上贴满了深褐色与白色相间的精致版画，内容是束身衣、裙撑和生发药的广告，是他满心欢喜地从老杂志上剪下来的。壁炉上方有一张素描，画着一个女人、一个孩子和一只狗，粗鄙地戏仿着耶稣诞生图。一尊维多利亚女王的胸像上戴着蜂鹰那无处不在的假鼻子。还有一个最近从瘟疫乱葬坑里挖掘出来的头骨，是蜂鹰给市政府施工部的人送了印度大麻弄到的。还有一组火柴盒，格洛斯特公司称作“英格兰荣耀”的那组。火柴盒的正面印着爱国主义的图案，轮船以鲜明的红色、白色和蓝色描绘，背面

---

1 奥伯利·比亚兹莱（Aubrey Beardsley，1872—1898），十九世纪末英国插画艺术家，唯美主义运动先驱，作品借鉴了东方艺术，风格绮丽、颓废。

印着笑话，诸如“昨晚我见到的那个跟你一起外出的女士是谁呀？”“她灭了，我却冻得跟石头一样[1]。”蜂鹰爱死这些笑话了，他能像连珠炮似的滔滔不绝讲上几个小时，笑得停不下来。

窗台上有一盆病恹恹的蒲包草（已经奄奄一息好久，但并未死去）。眼看着没有生还之机，而干枯的茎干上却伸出一小片柔软病态的叶子，似乎死亡又无限期地推迟下去。花盆旁边是一个广口瓶，用防腐液泡着一个胚胎。还有一张艾弗·诺韦洛[2]的照片，银质相框上刻着：“亲爱的，我将所有的爱和吻献给你——艾弗。”这是一张侧影照，他穿着闪亮的盔甲扮演亨利五世。

莫里斯私下觉得蜂鹰把这房间布置得过于花哨了，每次他走进去，都想大呼：“蜂鹰，这玩笑开得太过分了吧！”他又转念一想，蜂鹰装饰得如此肆意出格，肯定只是为了让自己高兴，除了莫里斯和他的女人们，他并不让别人进来，而他又不在乎莫里斯和女人们怎么想。与那些塑料鼻涕不同，这房间不是用来恶心朋友们的。

天花板涂着黑色反光漆，照片和剪贴画之间露出的墙面是毒药似的黄色，床尾立着一面硕大的镜子，床上的人只要想照

1　双关语，这是一个关于火柴的冷笑话。“out”既有外出的意思，也有熄灭的意思。

2　艾弗·诺韦洛（Ivor Novello，1893—1951），威尔士作曲家、演员，二十世纪上半叶英国著名的娱乐明星。

镜子便能立刻看见自己。角落里放着一台小香炉，有时他来了兴致会点上一支香。他点的是一种奇趣香，房间里霎时弥漫着浓重的陈年奶酪味。

艾米莉对她周围的这些东西并没有特别的兴趣。她完全无视这些摆件，既没有评论也没有询问，只是以极快的速度和效率，及一种冷漠疏离的态度清洁打扫，仿佛在布置一间拍戏用的手术室。她讨厌灰尘。灰尘让她不舒服。她之所以喜欢她的猫汤姆，其中一个原因就是它总是在清理自己。

她也是。她喜欢让自己的衣服永远保持干净清爽的状态，如果她发现裙子或毛衣上沾了污渍，会立刻将这件无礼的衣服脱下，扔进肥皂水中清洗，即便她只能穿着睡衣和胸罩到处走动，等上大半天待衣服晾干。她每晚都会用肥皂水清洗内衣，洗好后挂在水池上方，水滴滴答答地奏出乐音。早晨和睡前，她会用粉色的法兰绒毛巾擦洗她的私处和腋下，她的妹妹在毛巾上绣了一朵歪向一边的玫瑰。一周的时间她就能用掉大半块卫宝香皂。她一天洗三次脸，涂上肥皂泡再用清水洗去，她盯着蜂鹰那裂开的圆形剃须镜，漫无目的地打量着自己，她还经常清洗胳膊和腿。她身上总是萦绕着香皂淡淡的抗菌香气。

公寓里没有洗澡的设备，她每周会去公共浴室租一次浴缸，回家时干净得几乎透明。每周她用强劲蓬松的洗发露洗两次头，再用毛巾包住，坐在店里涂指甲等头发干。她的腿和腋窝保持无毛，还漂白了前臂的毛发让其不显眼。她整个人擦洗得白白净净，如同她图厅家里的前门台阶。她是蜂鹰交往过的女人中最干净的。她的干净让他迷惑，让他愉悦。

她做的第一件事是拿钱买毛巾、茶巾和洗碗巾。第二件事是用黄色强碱皂把公寓里她能找到的所有床单、被罩和衣服全部洗了。第三件事是买来一截布，用一天的时间做了一条裙子，因为她只带了身上穿的这件丹宁裙子和毛衣。

这条新裙子用上好的淡粉色细棉布做成，印着质朴纯真的花枝，颈部和裙角镶了下垂的褶边。她穿上这条裙子，看起来就像惹人怜惜的皮埃罗小丑[1]，刚从二十年代码头的条纹帐篷里出来，迷了路。她穿着新裙子站在长角的留声机旁，额上挂着一绺深色的卷发，白色的分发线穿过黑色的头顶，修长的双腿露出一大截。莫里斯发觉她有一种奇异的楚楚可怜之感，苦中带甜，散发着二十年代浪漫主义的味道，有几分麦克·阿伦[2]的气质，尤其是当她披着头发，遮住她花岗岩般锋利的颧骨和下巴时。

莫里斯只是她视网膜上一团模糊的影子。她充分利用自己的近视，只看她决定要看的东西。他在店里时，她也会招待他，但她像印第安人一样面无表情，脸上不会闪现一丝情绪。只要

---

1　十八世纪风行欧洲的意大利即兴喜剧中的代表人物。皮埃罗性格天真，是一个悲伤的小丑，通常穿着宽松的白色上衣和宽大的白色裤子，衣领饰有褶边。

2　麦克·阿伦（Michael Arlen，1895—1956），亚美尼亚裔的英国作家、编剧，最出名的作品是讽刺英国社会的爱情故事。

莫里斯将杯子递进她的视野，她就会为他倒上茶或咖啡，也会为他烤肉排或煎鸡蛋和培根，用他说过的喜欢的方式给鸡蛋翻面。但是，她进行这些服务时，永远带着咖啡厅服务员那种无人情味的能干。一开始，他觉得这让他很放松，后来却觉得沮丧。她就像训练有素的家务机器人。当蜂鹰爱抚她时，她才会突然焕发活力，光彩四射。而莫里斯在时，这很少发生。

她心中很少有空间留给朋友、熟人及她爱过的人。其他人对她而言都不具有实体，虽然有时她也会对窗外的某个东西感兴趣，甚至靠近一点去看清外面的人物和风景。她会慷慨给予，把柠檬水和巧克力分给街上的孩子，给平静地晒着太阳等死的老人送去一个微笑，爱抚墙头上患猫癣的猫（之后用滴露洗手）。她大方地到处施舍自己的善意，只是不带个人情感。

莫里斯通常会将自己的小画室锁好，因此当他发现她出现在那儿时，心中既震惊又不安。以她平日对洁净的癖好和对环境的卫生要求，这样贸然闯入他的私人空间，或许意味着她甚至会毁了这方小天地。她站在房间中央，茫然地注视着靠墙的一排油画空空荡荡的背面。她穿着那条褶边裙，清新粉嫩，赏心悦目，在她的映衬下，这房间看起来比实际脏乱得多，尽管本来就很脏了。他咳嗽了一声表明自己的存在，这时她开口问：

“这些是什么？”

“画。”他谦逊地说。画的正面都朝向墙面，她无从知晓。

“画。”她重复道，像是在思考什么。

她跪在地上，翻开这些画，眯着眼睛细看。其中有一幅绿白相间的抽象画，她伸出手指，若有所思地摸索着像螺纹一样凹凸不平的颜料，就像这是盲文，她能够读懂。

“这幅画可真大。”她说。

“是的。”

“谁画的？”

“我画的。”

她扬起眉毛，样子似乎是从未预料到自己手上的东西竟出自他手。她将这幅绿白相间的画横过来，在画的一角寻到了他的名字。

“没错，在这儿。莫里斯·格雷。这些都是你画的？”

“是的。”

“肯定画了好多年吧。”

“是的，没错。”

她看起来很严肃。他想，她一定是在想：“真是浪费时间。”然而实际上，对她来说，他似乎变得真实了一些，她可以感受和握住他创造的东西。她受到了震动，因为她自己不可能画出这些。

“你画裸体女人吗？”

“不画。”

“我在酒吧里遇到一个男人，说自己是个画家，问我愿不愿意给他做模特，一丝不挂。他好像是住在汉普森特德？”

“你怎么回答？”

“我告诉他赶紧滚开。那人很恶心，手湿漉漉的。不过我早该猜到你是个画家。蓄着小胡子什么的。”

她是不是在用他难以理解的方式捉弄他？或者，这就是真实的艾米莉的所思所想？天真得像《红字》或《真正的浪漫史》[1]里的人物一样？他无法判断。她一幅接一幅地把所有的画都看了一遍，没有再说什么。她直起腰，蹲下查看两只脚的灰色脚底，看完这只，再看那只。她舔了舔手指，摸了摸脚底，又看了看手上沾的灰。

“我以为我打扫干净了！”

“这里，有点脏。平时，除了我没人来这儿。”

“我知道，锁着门。我在他裤子的口袋里发现了这把钥匙，看，嗯……这让我想到了蓝胡子[2]。”

“蓝胡子？”

“蓝胡子。上锁的房间。你知道的，我还不太了解蜂鹰。安妮姐姐，安妮姐姐，你看见了什么？我只看见风在咆哮，草在疯长，你看见了吗？”她戛然而止。

“你在讲童话故事吗？”

“我以前念给我的小妹妹听过。”她的牙齿用力咬住下唇，

---

1　二十世纪六十年代最流行英国杂志之一，主要刊登情感故事。

2　法国诗人夏尔·佩罗（Charles Perrault）创作的童话故事的同名主角，蓝胡子连续杀害了数任妻子。他的本名不明，因其胡须的颜色而得称。

似乎想努力阻止自己说太多。

“你有一个小妹妹，是吗？”他惊讶地意识到，自己正在和她进行可以说是一场对话。他之前从未与她说超过两句话。他好奇这段对话能持续多久。

“我有很多妹妹，还有弟弟。”她主动提起。她冷冷地看着自己的脚，拔出一根刺一样的东西，也许是在没垫地毯的地板上踩上的。

“大家庭如今不太常见。”

“呃，我们是天主教徒。”

“噢，明白了。”

“在我看来，都是老顽固，”她出人意料地接着说，“我才不会不做避孕措施就亲热！”

“很明智。”他说。除此之外，他想不到该怎么接这话。

一只青蝇一遍又一遍地撞向脏兮兮的窗户，最终精疲力竭地落在窗台上，嗡嗡声逐渐微弱，腿抖动得越来越慢。她从地上捡起一张碎纸片把青蝇压死，举起纸片展示压碎的身体里溢出的一肚子卵。

“好了。我让它从痛苦中解脱了，可怜的小东西，也让这世界少了数百万代带来疾病的青蝇。”

“但是——”

“我是个务实的女孩。”她说道，眼睛里闪着光。莫里斯尽力不去看青蝇的尸骸。这时艾米莉又开口了。

“以前听我讲童话的小妹妹叫特蕾莎，以古老的阿维拉的圣特蕾莎[1]命名，也是位童贞圣女。”她在记忆中垂钓，拎出这条小小的斑鳟，毫无炫耀之意地向他展示。她又莫名其妙地补了一句：“我无法对童贞女产生任何尊敬的感情，不知道为什么。”

“你在家时开心吗？”

对于这个问题，她思考了许久，以至于他以为她就此结束了对话。她双唇紧闭，眼睛像双向镜一样虚无，只有她可以看穿别人，别人却无法窥见其内在。就在他几乎不指望得到答案时，她从她的鱼塘中抛出一条鲦鱼。

“大概开心吧。”

他愚蠢地问：“那你在这里和蜂鹰一起，开心吗？艾米莉，你来这儿后开心吗？”

她熊熊燃烧起来。刹那间，她着了火，深灰色的眼睛如同怀抱着太阳的海洋，发出沉稳雄浑的光辉。她用莫里斯从未听过的感情丰沛、生机勃勃的声音说：“我爱他，我爱他。他在米彻姆公园跟我亲热时，一个男人骑着自行车经过，车上有五彩转轮烟花，焰火嗖嗖地燃着，是蜂鹰点燃了它们。他进入时，我脑中的月亮像烟花般炸开。”

---

1 阿维拉的圣特蕾莎（Saint Teresa of Avila，1515—1582），也被称作“耶稣的圣特雷莎”，西班牙修女，罗马天主教会最虔诚的修女之一，留下数部经典，主张简朴的生活和默想。

莫里斯在这顿修辞的猛攻下，踉跄地退了几步。他之前从未听过这样的话，也从未想到这番话竟是从沉静寡言的艾米莉口中道出。那滔滔不绝的直白幻想让他无力承受，他闭上了眼睛。这番自白之后，她起身理了理衣裙便离开了。几分钟后，莫里斯隔着薄薄的墙板，听见她在厨房里走动。他听见自来水的声音，无疑她是在洗脚。

他径直回了家，在空荡荡的床上睡了几个小时，奋力清除艾米莉自述中爱的能量。醒来后，他发现自己的脸颊枕在埃德娜睡裙朴素的褶边和小扣子上，脸上压出了痕迹。他将睡裙搂在怀中，紧紧抱着，因为他感到孤独。可是他无法唤回埃德娜那米黄色拥抱的味道。他嫉妒地想起热切的艾米莉，转念又想："不，我不能觊觎那些，就算他根本配不上她，我也不配。不管怎样，我也是被人爱着的。"然而，他并没有得到安慰。

此后，他和艾米莉共处一室时都会不自在，他努力避免与她目光接触，而她也变回了从前的样子。

这个不可思议的夏日完美得不同寻常。每天，太阳先是蒙着踌躇暧昧的雾纱，接着随清晨的步伐，以脱衣舞娘的姿态抖落花环和围巾，之后赤裸裸地光芒四射，直到晚餐结束。嫩绿的树木从树梢开始卷曲枯萎，公园里的草地，因白天的孩子和夜晚的情侣的践踏和乱扔垃圾，逐渐光秃，好似生出头皮屑——太妃糖纸、烟头、火柴。天气甚至影响了埃德娜，她的头发被难以抵挡的烈日漂白，浅了一个色度，微弱的晒伤让她的脸庞和肩膀变得温暖了一些。夏天本该是她最美的时候，可是事与愿违。

她的裙子总是有点不对劲：要么太长，显得老气又邋遢；要么太短，她坐下时自己都觉得尴尬。她还会穿鲜艳的红色和蓝色，配上她苍白的肤色，显得过于扎眼；抑或是粉笔似的不起眼的色彩，让她几乎隐形。她的脖子上常戴的那串粉笔白的珠子及脚上穿的越来越薄的夏天的白鞋子，也让莫里斯很反感。她每晚都会清洁那双鞋子，这成了一项小小的仪式。微亮的长夜，她静静坐在敞开的窗户边，膝上盖着黑色羊毛毯，微微发汗。她刚刚擦白的鞋子在身旁的窗台上晾着，陪伴着孤身一人的她。莫里斯这些天经常不在家，偶尔他们共处一室时，两人都会很有分寸地不提吉斯莲。

“吉斯莲出院了，”一天早晨，蜂鹰突然说，他和莫里斯正在店铺后面的院子里打磨椅子，“伤口愈合得很好，她去了圣艾夫斯。”他和着砂纸的摩擦声轻轻唱道：

噢，难道你没听见孤单的鸣笛
火车那孤单的鸣笛呼啸而去……

莫里斯听见了火车孤单的鸣笛。吉斯莲出价买下了他的梦境，登上他幻想中的火车，此刻他和蜂鹰正在她的特洛伊或迦太基打磨着椅子。有那么一刻，他感到自己变得纤薄透明，如幽灵一般，成了他人的臆想之物。他有意咬了咬烂掉的臼齿，疼痛感让他确信自己还活着。我痛故我在。我该去看牙医故我在。

“你怎么知道她走了？”他问道。

“她写信说让我一同去。但我想我不会去。”他再次唱起：

我的宝贝儿给我写了封信，满满一页的红字

我的宝贝儿给我写了封信，她这么说……

音符飞向天空，与鸟鸣融为一体。

“只要吉斯莲不在城里就好，”莫里斯大喘一口气，“这样就够了。”他们互相配合，各自忙活着一条椅子腿。“只要我见不到她，那就同什么都没变一样，现在就是去年夏天，我还没遇见她。而且也许以后我也再不会见到她了。各走各的独木桥。”

“你想得倒美，”蜂鹰说，“倒着放唱片可能吗？”

“我大概成了玄学家。”

“噢，老天。”蜂鹰咯咯地笑起来。

他扎眼的帽子在阳光下狂啸，墨镜恣意地反射着日光。热浪中，他脱下了衬衫，皮肉之下隐约可见肋骨的线条，像一座精致的鸟笼罩住受困的心脏，笼中的小鸟有节奏地拍打着翅膀，一二，一二。他穿着李维斯的白色牛仔裤，腰上系着细细的蛇皮皮带，皮带上方，肚脐像鬼鬼祟祟的眼睛窥视着什么，裤腰放得很低，挂在胯骨上。他的样子就像夏日的摩德族[1]寓言人物。莫里斯蹲在他旁边，还穿着冬季沉闷厚重的深色灯芯绒衣服，禁锢着自己的肉身。你会以为他在苦修。

他打了个喷嚏。是因为吸进了砂纸磨起的灰尘，还是他要感冒了？莫里斯时常在夏天染上小感冒，眼泪和鼻涕流成河。他伸手摸索口袋里的手帕（埃德娜把手帕清洗熨烫得那么美丽，似乎用它擤鼻涕是暴殄天物的亵渎），却在口袋的一堆东西中摸到了一个娃娃头。他困惑了片刻，想起了那晚的歌舞草帽和华尔兹舞厅。他意识到，手指间那扬扬得意的微笑正是蜂鹰的笑，之前他并未认出这两者的相似之处。他不知该如何处置这娃娃头，最终又将它放回了口袋。自始至终，墨镜后的眼睛一直盯着他。想起"开心帽"的那晚，莫里斯蓦然觉得尴尬。"蜂鹰不再叫我'亲爱的'了，"他想，"这究竟是为什么呢？"

"只要吉斯莲待得远远的，我想我就能接受。"他说这句话只是为了打破沉默。他们继续忙着手里的活计。

可是亨利·格拉斯还在这儿，可怜的亨利·格拉斯。他憔悴不堪，脸色苍白得像卡芒贝尔奶酪，几乎无影无形地穿过大街小巷。妻子死后，他再也不忍心回到地下室，晚上总是随机

1　摩德文化（Modernism 或 Modism，简称 Mod）源于二十世纪六十年代的英国，是青年亚文化的始祖，后来衍生了朋克、光头党等。早期的摩德族是劳工阶级二代，这些年轻人在"二战"后与父母产生代沟，外出打工赚钱来买衣服、泡吧，他们中流行法式发型、意大利西装、七分西裤、针织领带和手工鞋。

地与朋友和熟人消磨时光。他每日摄取的唯一营养是晚上在酒吧买的奶酪卷和半品脱苦啤。别人要是执意请他喝啤酒，他也接受，但他总是坚持自己买奶酪卷，他那一小笔存款一天天减少。他坚持着自己的独立，这是他仅存的东西。他坚持用自己的钱买自己的食物，这是一种象征行为。

过去莫里斯并不怎么喜欢他，而如今哪怕隔着一条街瞥见他，都感到悲从中来。亨利·格拉斯走路时颤颤巍巍的，像剪辑出错的默片电影，脸上挂着茫然失措、心不在焉的神情。

“莫里斯，”有一次莫里斯难得在家，埃德娜说，“莫里斯，我邀请可怜的亨利·格拉斯今晚来这儿住，让他睡在躺椅上。”她听说了那起悲剧，但不是从莫里斯这里知道的。她怨恨了他一段时间，因为他没有跟她坦白，直到她笃定他缄默不语是为了让她宽心才作罢。

“我请他来睡躺椅是因为他没有地方去，其实也不是没有，只是他不愿回去。他说，不，不，不能睡在这儿，不能跟我们住在一起。他的手抖得厉害，真叫人心疼。你知道他为什么不愿意来吗？真是奇怪呢。”

“不，不知道。”

这还不算什么。有天早上，莫里斯端着他那无害的蛋白酥刚放到桌子上，棕肤的小布鲁诺立刻从桌前起身，甩着及肩的卷发，穿着流苏牛仔裤招摇地走出咖啡厅，留下莫里斯茫然地望着他的后背，嘴边的问候被直接扑灭，只剩满口灰烬。

还有一天午餐时分，莫里斯在酒吧里遇见了迷人的珍妮（一次派对上，莫里斯在一张堆满宾客大衣的床上脱下珍妮的衣服，脱到一半，他突然想起埃德娜正虚弱地站在另一个房间等他，刚刚他跟她撒谎说去找烟，想到这里他停了下来），他问珍妮养的三只宠物鼠怎么样，迷人的珍妮只抛给他一个转瞬即逝又忧心忡忡的微笑。（他曾向她解释妻子的事，她对他表示关切和惋惜，他也一直拿她当朋友。）之前他们还经常一起聊她的老鼠。

他走到哪儿，面对的都是冷冷的后背，人们脸上的笑容也荡然无存。要是他与蜂鹰一起出现，甚至连最简短的问候都得不到。根本没人搭理他俩，就算莫里斯或蜂鹰先开口也无人接话。人们躲避着他们。莫里斯意识到，他俩被排斥了，被抵制了，被流放至考文垂。他并不难过，只是气愤，这也太小孩子气了。亨利·格拉斯则拒绝在他家过夜……

他们会带艾米莉一同去酒吧，几个人紧紧地坐在一起，形成保护圈，艾米莉则漠然地以她一贯清冷的目光，远远地审视着这里的顾客。

“那个滑稽的小个子是谁？”她问道。就在刚刚，布鲁诺故意猛拉了一把蜂鹰的胳膊，拉格啤酒一股脑儿泼到蜂鹰的衬衫上（那天晚上他穿的是亮粉色系扣领款式），而布鲁诺甚至都没有停下来说声抱歉。

“那是布鲁诺。”蜂鹰说着，将一只假蜘蛛偷偷丢进隔壁桌上布鲁诺那无人看管的半品脱苹果酒里，以牙还牙。“我想，他有一部分立陶宛血统。这是他的特别之处。他是无政府主义者。”

“他太矮了，”她评价道，“没法成为真正的无政府主义者。”

在莫里斯眼前的幻境中，布鲁诺缩小到小人国里的句号那么小，能力尽失。

“他是个正经的孩子，”蜂鹰说，“莫里斯，还记得那支爆炸烟吗？”

“留着那样的胡子，别人怎么会正经对他。”艾米莉刻薄地说。她是个冷酷的女人。

这段时间，他们从拍卖会上买了三件爱德华时代的镶珠流苏晚礼服。

“你们那死脑筋可真是疯了。”穿着工作服的看门人说，意味深长地拍着自己的额头。

“大概是吧。可我们把你逗乐了，不是吗？”蜂鹰隔着模糊的玻璃，在布满灰尘的聚光灯下为看门人跳了一小段舞。他怀里抱着一团琥珀色的蕾丝，头发飞舞旋转如潮起潮落。

“你应该去剧院。”看门人拍着蜂鹰扭动的屁股说。

蜂鹰烦恼地发现这些裙子不适合艾米莉，她腰宽体壮，一副“二战”后女性的模样。于是，他们将最漂亮的一件——镶着黑玉的火烈鸟色绸裙——套在了模特身上，那模特可怜的凹胸，手指一碰就掉木屑。他们将模特摆在了无人驻足观看的橱窗里。

莫里斯和蜂鹰开始忙得不可开交。推迟了许久的旧房拆除终于动工，留给他们的时间不多了。两人几乎每晚都出门，有所收获时，莫里斯会和蜂鹰一同回到店里，在月光下帮他卸货。卸完了货，他累得根本不想回家，于是就裹着毯子蜷在工作室里睡，被他的画作发亮的背板包围着。

两人的收获如下：

(1) 大量蓝白瓷砖，可能是代尔夫特陶瓷[1]；

(2) 如今穿着绸裙的那个模特；

(3) 整整二十年的《欢宴》和《丹迪》漫画杂志，从后往前码齐了，两人在暖洋洋的店里兴致盎然地读了一个又一个下午；

(4) 一只斯塔福德[2]陶狗，鼻子凹了进去，但依然有种急切探寻的气质，莫里斯深受感染，决定将它摆在自己的工作室里，甚至给它起了个名字叫“特雷”；

(5) 一个丑陋的小船形状的边角柜，在一个冒险的夜晚，他们从灰泥雕刻里把它扒了下来，从一扇危险的窗户小心地运到街上，艾米莉负责给他们望风、打报告。

艾米莉将一只写着“威士忌”的银质酒瓶，以五镑十便士

---

1 代尔夫特是荷兰的一座城市，以陶瓷而闻名。出产的大部分陶瓷为蓝白图案，也称“代尔夫特蓝陶”，始于 1600 年左右，1640—1740 年达到艺术价值顶峰。

2 英格兰西部的郡，境内的特伦特河畔斯托克在十九世纪是英国陶瓷业的中心。

的价格卖给了一个美国女游客，她想穿上链子挂在脖子上。蜂鹰在沉迷玩具制作的间隙，把一叠蛾子啃了的地毯卖给了一个西印度群岛人，价格大大超其所值，莫里斯心里别扭了好些天。莫里斯什么都没卖掉，他在与绘画的欲望作战，如同雅各与天使摔跤[1]。他想释放绘画的欲望，借此消磨时光，可又怕在这样的天气，脑子里装着这么多事，他会画出一张有史以来最差劲的画，让自己心灰意冷。因此，他终究没有去碰橱柜里的颜料。

他有时独自前往咖啡厅，看望唱歌的斯特勒尔布勒格。他开始喜欢她了。她一看见他，就搂着他唱："我的宝贝儿今早怎么样呀？"虽然他觉得她表达的爱意并不认真，但是她的话语自然淳朴，有一种由心而生的感觉。他因此喜欢她，即使她那么老，可能还疯。

1 "雅各与天使摔跤"是《圣经·旧约·创世记》中的一个故事，雅各在返回迦南时于雅博渡口与天使摔跤。"只剩下雅各一人。有一人来和他摔跤，直到黎明。那人见自己胜不过他，就将他的大腿窝摸了一把，雅各的大腿窝正在摔跤的时候就扭了……你的名不要再叫雅各，要叫以色列，因为你与神与人较力，都得了胜。"该场景常出现在艺术作品中。

# 八

一天凌晨，天色未明，他们回到店里锁上门，嘴里还残留着忙碌一晚后的残渣。两人站在一堆破碎的陶器中睡眼惺忪地打着哈欠，不一会儿，他们看见了亨利·格拉斯。他从酪浆似的黎明中浮现，在窗前停下脚步，木然地窥视着窗内。他就像洛瑞[1]笔下的火柴人，一袭黑衣，瘦骨嶙峋，浮肿的脸上，嘴不自觉地一张一合，脸上的脓包又发了出来，想必是饮食不调的缘故。他有气无力地推了推店门，屋里的两人屏气凝神，躲在阴影中一动不动，直到他缓缓飘走。

没过多久，亨利·格拉斯又回来了，后面跟着黑压压的一群人。在鬼影幢幢的光线下，这群人疯疯癫癫，却一声不响，他们左摇右摆、连蹦带跳，在马路上、人行道上游来逛去。人群中，莫里斯认出那矮了一截的影子是棕肤的小布鲁诺；长影子是他的朋友谢米，穿着军装外套光着脚，飘逸的长发用脏兮兮的发带束在脑后；顶着针尖脑袋的是奥库姆，活像一只飞来

1　劳伦斯·斯蒂芬·洛瑞（L. S. Lowry，1887—1976），英国画家，作品多描绘二十世纪初英格兰西北工业区的场景，画作中的人物风格独具，大多形象瘦削，被称作“火柴人”。

飞去的蚊子，他是个登记在案的瘾君子，并引以为豪。人群中还有不少男男女女。

一个女人夸张地停住脚步，甩过头来放声大笑，笑声尖锐刺耳，他们躲在店铺深处只能听见微弱的回声。她的脸圆润白皙，棕褐色的圆眼睛微微泛红，两年前就是她把淋病传染给了蜂鹰。

这群衣衫褴褛的人聚集在洗衣店门前，不约而同地转过来面向店铺。有人在窃窃私语，有人做出手势示意。其中一人——莫里斯看不见是谁——拎起一块砖头，朝店铺的窗户砸来。这颗导弹大大偏离了轨道，撞在门上方的金属板上碎成了渣子。就在街灯熄灭的那一刻，人群仿佛收到了行动信号，一起喊叫着（隔着厚厚的玻璃，他俩几乎听不见人们在喊什么）从街对面过来。这群人手里攥着棍子、石头、碎瓶子和带钉子的木头，莫里斯甚至怀疑自己看见了刀光剑影。

这时，巡逻的警察骑着笨重的自行车威严地沿路而来。见状，人群四散而逃，玻璃瓶哗啦啦惊慌落地，他们像是扇动着黑色的翅膀离去，呱呱而鸣。

“真高，”蜂鹰说，“比云雀飞得还高。天哪，连块砖头都扔不准。”他的轻蔑凶狠尖刻，嘴瘪得像柠檬。

“不过……”莫里斯的声音短促而尖细，极不自然，“我……那……”他支吾着，慢慢住了口。他摩挲着火烈鸟色绸裙的细珠和流苏，打上结又解开，反反复复，直到蜂鹰呵斥道：“你能消停会儿吗？”

“这群闹事的是想把我们怎么样？”

“不会把我们怎么样。只要我发话让他们打道回府，他们就会乖乖离开。他们是喝高了，要不就是嗑嗨了，不管怎样，这群人连小婴儿都不敢碰。训他们几句，保管言听计从。”

莫里斯不信他这话，开始想象自己的肠子喷溅在地上，像一串串深红色的花环熠熠发光。

“可是我觉得，他们是想杀我们呀，杀了你和我。”

“嗨，别傻了。我还挺高兴的，这种事可不是每天都有是不是？给生活添点乐子，我还从来没被围攻过呢。”他笑得相当坦然。

“他们为什么来这儿？这群人甚至都不是‘格洛斯特’的主顾，大多数都是混‘马号角’的。奥库姆就去那儿。”

“我猜是亨利·格拉斯把他的朋友都叫来替他出气。他们还真都来了，实在是感人哪。”

“这群人压根儿不是他的朋友，也不是陪他来的，只是跟在后面。”

“他们是布鲁诺的朋友，亨利·格拉斯认识布鲁诺。这段时间亨利·格拉斯也不像是有心情去积极社交树立威信，对吧？你不会是真的害怕吧？奇了。”

“我吓了一跳，感觉不真实，像做梦一样，”莫里斯沉思着缓缓地说，“是的，我吓得够呛。唉，天哪，亨利·格拉斯真是可怜！”

“我爱我的H宝贝儿，他名叫亨利，还心碎不已。”[1]

“我今晚要失眠了。”

“那就去玩玩纸牌吧，”蜂鹰毫不客气，“我可要睡觉了。”

“别——请别丢下我。”

蜂鹰摘下墨镜（晚上他也戴着）开始擦拭。“再好好说一次‘请’，我就考虑考虑。”

“噢，蜂鹰，请留下来！陪我再待一会儿，那些人可能会回来，留下吧。”

他重新戴上墨镜，露出猫科动物似的满意笑容。“我们来下棋吧。”

“棋？我好多年没下过棋了。”

“那我肯定会赢。”他在一个盒子里翻找，翻出一张棋盘和一盒棋子。莫里斯从未见过这套棋，蜂鹰像招呼老朋友一样轻抚它们，温柔地摆好棋子。

“首先是车，每个角落放一个，就像牛的腿。其次是马——我喜欢马，骄傲的马头，张大的鼻孔，马斜着走。然后是象，在马旁边。接下来是后，巡游的夫人，她是我最喜欢的棋子，纵横棋场，呼风唤雨，是致命女人，她的吻即死亡。头戴王冠，决不低头，这是王。王脆弱不堪，在最后的属地必须步步为营，就像路易十四逃离凡尔赛宫。莫里斯，你走黑棋，我走白棋。

1 亨利（Henry）和心碎（heartbroken）首字母都是H。

这是我的兵，已经准备好将你的军啦。出子吧。”[1]

两人面对面坐在桌子两侧，走了最初几步兵。棋子硕大古老，握在手里颇为舒适。这久远的僧侣游戏安抚了莫里斯的神经，他想起自己曾经酷爱下棋，因为可以消磨不少时间。他先拿下一个兵，抢占上风。蜂鹰转着香烟，沉思着下一步怎么走。

“我想，”蜂鹰梦呓般地说，“把地板做成棋盘，男人女人做棋子。我站在椅子上，用扩音器喊出指令，他们就踏着步子前进。骑士骑在真马上，王和后头戴金冠。”

“吃掉的子怎么办呢？”

“真笨，关在笼子里。看，我已经从马厩里放出了我的马，看它怎么奔腾跳跃。”

不到十分钟，蜂鹰就将死了莫里斯，莫里斯也渐渐找回了下棋的感觉，于是第二局很快就吃掉了蜂鹰的后。蜂鹰咆哮道：“你不能吃掉我的夫人。”

“噢，我当然可以。”莫里斯说。他露齿窃笑，把后放进口袋。他开始享受游戏了。

两人热血沸腾起来。蜂鹰下棋完全听凭情绪而非理智，短短一刻钟，他就不得不拎着他的王毫无尊严地四处躲避，莫里斯的兵和一匹黑马步步紧逼。他们陷入僵局，一方只攻，一方只守。莫里斯沉迷于游戏之中，丝毫未察觉蜂鹰怒火中烧。一

---

1　国际象棋中，车称为战车（Rook），此段原文使用了车的旧称城堡（Castle），马的旧称骑士（Knight），象的旧称主教（Bishop）。

次战略性的停顿，蜂鹰成功用仅存的一只车威胁了莫里斯的王，没想到莫里斯留了一手，用象轻蔑地将车扫出棋盘。他们的呼吸变得沉重。蜂鹰设法用最后一只马进攻，可还没来得及构成威胁，莫里斯已欢乐地叫出声来。

“兵到最后一排了！兵对着后了，就像《爱丽丝镜中奇遇记》里描述的一样！你还是快快投降吧。”

蜂鹰呜咽一声，起身掀翻桌子，棋盘和棋子散落一地。

“你这是耍赖，这是作弊。我不接受，我不接受，你的后肯定会被我吃掉，肯定的！”

棋子滚得满地都是。天已大亮，早起的艾米莉开门看见这样一幅画面：蜂鹰躺在阿伯茨福德椅上，下巴像婴儿一样颤抖，正用一团孔雀羽毛擦着鼻子，而莫里斯跪在地上搜寻棋子。艾米莉冷眼旁观。

“我们——我们刚刚在下棋。”莫里斯满怀歉意地说。

“不过是个愚蠢的游戏，不值得这么认真。”

她走开去准备早餐，莫里斯扶起桌子，把棋具收好。

楼上传来培根的味道，一切收拾好后，烤吐司的香气也幽幽飘来。蜂鹰吸着鼻子逐渐冷静下来，一反常态，他悄悄贴近莫里斯，模仿小孩子的语调吐字不清地说：“亲爱的，‘退’不起。”他只能扮成其他人来表达歉意。

“没事，”莫里斯说，“我们都激动过度了，都怪刚才来的那帮人。”

“我原本希望下棋能让你忘掉他们，可我搞砸了。我今天会好好的，做些安静的事，再做几个玩具。莫里斯，我要做一个小的玩具断头台，在相框里装上刀片，用橡皮筋拉着。艾米莉可以扮演德法奇夫人[1]，坐着织毛线，我会用烟筒刷做个布鲁诺的小人形，让他跪下，砍掉他的头！他就完蛋了！”

然而，现实没那么轻松。那一晚，蜂鹰和艾米莉早早就上床做爱去了，莫里斯不想带着袭击的回忆独自在楼下守着店铺，于是他便回家了。这是他这些天来第一次回家。他想告诉埃德娜前一晚的事（困扰分担，便会减半），可她竟对他不理不睬。房子里弥漫着焦灼的气氛：有事发生了，错误的味道犹如茶里兑了酸牛奶，难以察觉却千真万确。

埃德娜时不时地笑笑，是那种忧虑又惨淡的笑。她几乎不同他说话，端菜上桌时，她的手微微颤抖，发觉他在看她，便把头转开。他猜想，也许是他夜夜在外工作冷落她了，但他不想提这个话题。

因为某个不愿告诉他的原因，她不再织那件宽大的毛衣。他简直感激涕零，根本不想去问她的手为何今晚如此清闲，以免她以为他是在抱怨而又拾掇起针线。就这样，他们度过了一个沉默的晚上。

---

1　英国小说家查尔斯·狄更斯的小说《双城记》中的人物，一位坚定的女革命者。小说开头的一个场景，她坐在酒馆里织毛线，把贵族的暴行编织成花纹记录在围巾上，平静的表面下隐藏着复仇的欲望。

这种亲近的夜晚，他会和她睡在一起，毛毯盖在她身上似乎都过沉了。他们各自睡在床的一边，相隔遥远，尽量减少肢体接触，以免湿热得难以安睡。漫长炎热的夜晚，她没有心情做爱。她叹着气，露出受难式的笑容（像圣乌尔苏拉[1]面对强奸犯时的笑容，热气中的她苍白湿润，更像伯恩-琼斯[2]的画，而非米莱的画），她孱弱地合起修长的双手，说着如果他想要，实在想要……他会觉得自己是粗鲁无情的混蛋，于是尽力把持住顶多算是不温不火的欲望，因为她可以为了他的少许欢愉而委屈自己。这对他来说也是自控力的磨砺。

但是那一夜，他汗流浃背，无法入眠，想着蜂鹰和艾米莉在铜床上翻云覆雨。

被围攻后的几天里，他深深沉迷于新的幻想之中。他想如果能变成隐形人该多好，坐在不舒服的阿伯茨福德椅中，想象力牢牢抓住了他。那是一个异常生动的梦，他渐渐沉浸其中。一坐上大椅子，他的肉身便会消解。这种时候，艾米莉通常举着鸡毛掸子四处掸灰，头上系着波点手帕，或者用刺鼻的丙酮卸下手上和脚上的银色指甲油，酷似法国闹剧中的女佣。蜂鹰则在楼上静悄悄地玩玩具。

---

1　一位传奇的基督教圣女，传说她与一群女教徒在科隆遇害。

2　爱德华·伯恩-琼斯（Edward Burne-Jones，1833—1898），英国拉斐尔前派画家、图书插画家、彩色玻璃和镶嵌画设计师，代表作有《金色台阶》《野玫瑰》《梅林的诱惑》。

莫里斯消解了肉身，获得了自由——不知为何，他觉得自己隐身了，身体轻盈了，可以飘浮在街道上方，像云彩一样轻盈地从一处飞向另一处。他会先玩些开心的、孩子气的小把戏：潜入博物馆，在罗马尼亚篷车安个小窝，睡在雕花玻璃和镶着硕大葡萄藤的镜子中间，坐在消防车的驾驶室中，以胚胎的姿势蜷缩在巨大的麋鹿骨架里。

他还会做更出格的事：像梦淫妖爬进沉睡女人的子宫。这些女人曲线柔美，难以亲近，她们早晨戴着宽檐草帽，在商场的摄政饭店喝咖啡，膝上趴着宠物狗，小手搅拌着小咖啡杯里的粗黄糖，用金打火机点燃特大号带嘴香烟，亚宝石的手镯叮当作响。他会搅乱奥斯卡妻子奢华的发型，当她想要再绾起蝴蝶夫人的塔状发髻时，他会拉扯她深色浓密的绒毛，惹得她禁不住乱叫……在她身上种下一只小布谷鸟，留在奥斯卡的巢里长大。在妻子的早茶中悄悄放进斑蝥，她便呻吟着委身于送奶工。他还会做很多事，就在他隐身坐在店里时。

有一次，他想象自己正无影无形地穿过一条繁忙的街道，这时一辆满载着尖叫的小猪崽的卡车从他身上碾过，没有人听见他隐形的惨叫，没有人看见他隐形的鲜血汩汩流出，或见证他隐形的痛苦死亡。他喘着粗气，大声叫喊着回归可见的肉身。

“你被什么东西咬了？”艾米莉淡定地问，她正在修补一只白色长袜。

“我刚刚……做梦了……”他怀疑自己是不是得了精神病，

“我需要去看医生吗？”

终于，他逼迫自己画下一幅画。他用黑色、棕色和苦涩的蓝色，希望画出一幅抽象画，画着画着却变成了具象画。一具死了的、正在腐烂的女性形体，身处棕色的沙漠和冷酷的蓝天之下。他极度厌恶这幅画，而画却无法控制地从他指间生长出来。“我确实变得神经兮兮了。”不过，也许这幅画最适合画在硬纤维板上。

他一整天都把自己锁在工作室里，甚至没出来吃午饭，晚点时候艾米莉悄悄进去看望他。一时间，她几乎被那一道道笔触催眠了，坐在地上凝视他的一举一动。猫和她一同进来，在画与画之间游走挑选，伸出脑袋在莫里斯的脚踝上磨蹭，没有得到任何回应，它在地上一滚，杵起一只后腿，猛舔着自己的生殖器。在棕色图案上，莫里斯又堆砌了黑色。

“你结婚了是吗？”她问道。

“嗯，结了。”这团女人似的形状要画得有纹理、有触感，在画面上要有突出、隆起、肿胀的效果。他对它时而诱哄，时而猛击。

“你对她好吗？”他停下画笔，惊讶地看着她。她提问的语气冷静又客观，不可能是有意冒犯，他踌躇着，尽可能诚恳地回答。

“嗯。也不算，我也说不上来。”

“有个人，昨天下午来过，那时你和蜂鹰出去了，忘了你们是去哪儿。那人假装想买一个黑色的大茶叶罐，但他并不是真的想买。”

“可能是我们确实要价太高了。”莫里斯愧疚地说。他总是为卖东西收钱而感到愧疚。

“两便士他也不会买的。他就是想和我搭讪。他说你对妻子非常冷漠，自从你娶了她，她就活成了影子，他问我怎么能忍受和你这样的男人共事。所以我有点疑惑。”

“明白了。”有的人在夜晚袭击，有的人则在白昼。他放下画笔。画架上的画中要挣扎而出的是埃德娜。

“是那个胖男人，我来的那天，你和蜂鹰在咖啡厅遇见的那人。我认得他，但他不认得我。他说要给你一条特别的留言，要我仔细转告你。留言是：‘埃德娜是这世界上最好的女人，可你忽视她，不懂她。我为什么这么说，有一天，天知道你在哪儿鬼混的时候，她劝亨利·格拉斯吃了口热乎饭，那是他多少天来吃的第一口饭。她是个好女人。’他让我重复了两遍，确保我一字不落。这是什么意思？”

“我不知道。”经过艾米莉平淡语气的过滤，莫里斯还是能听出奥斯卡的腔调。

“他还说有些照片要给我看，他认为我对你和蜂鹰都不够了解，我需要了解这些。不过正巧有个小孩来借厕所，我想那胖男人等烦了，就走了。”

“原来如此。”蜂鹰以五镑的价格把他和吉斯莲的整套照片卖了，非常便宜。是奥斯卡买下的，他一边点着钞票一边说蜂鹰没有商业头脑。

“他讨厌又瘆人，浑身是汗。衬衫没扣，里面是网眼背心，胸前都是毛。蜂鹰没有胸毛。我可没法喜欢上有胸毛的男人。”

“你怎么没早点告诉我？”

“我想自己先想想。我的意思是，我确实不太了解你俩，这点他说得对。”

蜂鹰在照看店铺。纸、颜料和线（或许还要做弹跳人偶？）散落在桌上，他正对着小镜子试一副钢框眼镜，小镜子上方有个圆润的小天使，他先前将其靠在鲤鱼标本上。他撸起一丛头发堆在头顶，对着圆圆的小镜子傻笑，抿紧嘴唇，吸住两腮，俨然一位青涩的女教师，在与常春藤大学关联的贵族女子寄宿学校教授数学或古典文学，沉重的教务让她面黄枯瘦，残留的几分性特征也被青春期的女孩尽数榨干。他拍着额头上沾着口水弯成的一绺鬈发。莫里斯全看见了。

“蜂鹰，奥斯卡来过这儿。她一直在琢磨这件事，刚刚才告诉我。”

“她是谁？猫咪妈妈？”蜂鹰的声音尖细高亢，故意模仿吹毛求疵的学究口气。看样子，他打算继续扮演这个角色。莫里斯盘算着蜂鹰要演多久，他觉得这把戏毫无意思。

“我猜他是想挑拨你跟艾米莉的关系，他还想给她看那些照片。”

“所以呢？所以呢？去他妈的奥斯卡。”他摘下眼镜，结束了扮演。谢天谢地。他今天还算爷们儿。

“他干吗多管闲事？又像那天晚上一样，他们是一伙儿的。”

“我可不担心。棍棒石头也许会打得我骨折，言语却从来伤不了我，棍棒石头我也不怕。”

“艾米莉是个好女孩，不要把她牵扯进来。店里看来也不那么安全了。”

“艾米莉够大了，能照顾好自己。她以前还和 R&B 歌手睡过觉呢。我在这儿也很安全。无论如何，我要把奥斯卡做成弹跳人偶。这就对了。”

毫无疑问，桌上那个就是奥斯卡，圆脑袋、圆身子，粗大的四肢，碎成一块一块。旁边还有——莫里斯屏住呼吸——吉斯莲，还没剪好，部件已在纸上勾勒、上色，全身伤痕。

“也要把她做成弹跳人偶吗？你怎么能这么干？”

“为什么不能？我一提起她的线，她就会跳起来，可怜的姑娘。她又给我寄了封信，用黑笔写的，她又给我寄了封信——宝贝，我要回来了。”

“天哪！什么时候？”

“树叶开始变黄的时候。”他用蹩脚的法国口音唱道：

从五月至十二月，多久多久呀

树叶染成棕色……（是棕色吗，我记不清词了……）

当你九月归来时，树叶也许已经染成了棕色……

他甩着头发，发丝飞起又落下，闪耀着金属般的光泽。他用眼镜腿猛地戳了一下瞌睡着的猫的肚子，猫正温柔地睡在地上平整的垫子上。

“这是时间的子宫孕育出的骇人生命。”他大笑着说。

“是你瞎编的？还是她真的要回来了？我搞不清楚，你今天的情绪很怪。”

“相信你想相信的。你想相信的就是真相。”

“这是什么鬼意思？”

“他们，那些影子，认为是我挥的刀，你按住的她。好，很好，好极了。但我认为实情是我们在墓地发现了她，可怜的小姑娘，然后我去找了医生，而你用你干净的手帕帮她止住血。也许我们不应该管她的，这样那个斯堪的纳维亚女人就能生下她的孩子了，对不对？一命换一命，世事就是如此。”

他开始用眼镜调戏困倦的猫——在它面前摇来晃去，引诱它，它伸出懒洋洋的爪子做出扑抓的样子，他又撤回了眼镜。莫里斯困惑又倦怠。他耸了耸肩，溜出店里上街去了。蜂鹰继续沉浸在他的游戏中，一言不发。

莫里斯去那家冷冷清清的烟草店买烟，推开门，地上堆积着《女人刊》的过刊，风吹日晒的《珍品》和《运动生活》，在阳光的灼耀下渐渐泛黄，像花朵一样卷起瓣片。

室内阴凉昏暗，四下无人，他用半克朗硬币敲了敲罐子盖，罐子里装着化了的软心水果糖。过了几分钟，她从后面出现，轻轻呻吟着关上玻璃门。

“他今天怎么样？”

“不太好，一点都不好。您想要什么？”

她一个接一个打发走了顾客，对她仅剩的几个主顾也省去了传统的店主之仪。

“十——不，二十根忍冬烟。”

“两包十根的行吗？只有这种。”

“好的。”

她身上穿着半透明的鲑鱼粉色上衣，衣服在溽暑中萎靡不振，敞着怀耷拉在身上，里面是件白色衬衣，下垂的乳房半遮半掩若隐若现，扣子也扣歪了。她的衣服似乎无力为她蔽体。她就像找给他的老旧硬币上的人像，五官模糊、难以辨认。她枯瘦的手指似乎连三便士硬币都觉得笨重，滑溜的六便士从她细细的拇指和食指间逃离，掉进一叠叠上周的《广播时报》逝去的时光中。

“噢，天哪，天哪！”她不得不抖开报纸，给他找回硬币，动作缓慢而疲惫。纸张发出叹息声。

“看样子你该好好睡一觉了，”他温柔地说，“找个人照顾你。”

“他走之前我都休息不了——”她将头转向门，门后的呻吟不绝于耳，“日子真是苦啊。”

“是啊，”莫里斯说，“真苦。”

“他妈，”饱受折磨的嗓音呻吟道，“他妈。”他们没有孩子，但他总是叫她“他妈”。

“我得过去了，他需要我。没别的要买了吧，小伙子？”

“没，没什么了。”

一只狗抬起腿对着生锈的牌子撒尿，牌子上写着这家烟草店也卖某品牌的冰激凌。街对面，洗衣房消化着白天的食物——脏床单。香烟散发着陈旧的霉味，甚至有死人的气息。

莫里斯想去喝杯牛奶。他想这可能对自己有好处，顺便去看看唱歌的斯特勒尔布勒格，似乎也不错。她唱着《某天我的王子会到来》的副歌热烈地欢迎他，一瞬间他成了育儿室里温暖幸福的孩子，壁炉里红灼的煤块泛着光，空气里飘着熨烫衣服、牛奶和面包的香甜气息。在这个夏末的午后，咖啡厅里坐满了辛苦购物后前来小憩的老妇人。

她们戴着筒状草帽，被购物篮、拐杖、纸袋和小狗包围着，小心地嗦着精致的吐司条，担心咬坏自己的陶瓷牙，窸窣的交谈声像上发条的老鼠走走停停。老妇人，尤其是那些看上去缺少爱护的，总是能击中莫里斯柔软的内心，他匆匆离开咖啡厅，今天在烟草商的妻子那里，他的心已经受到了足够多的冲击。

他去看博物馆里的日本陶瓷。之前他从未去过那一片，现在似乎是个好时机，他总是将日本人与沉静联系在一起。在沉静中，他们仪式般地备茶、喝茶，上演冗长的风格化戏剧，插着富有禅意的静态花，他们的水墨画，留白四分之三，在沉静中消泯时间的存在。因此他去看陶瓷，但是却并没有得到慰藉。

# 九

黑夜渐长，天也转凉。这样的事越来越常见：蜂鹰和莫里斯到达一处宅邸，发现拾荒者已捷足先登，把宅子洗劫得干干净净。那晚，他们去了一栋高层住宅，从地窖到阁楼搜了个遍，只找到一捆染血的破衣服和钉在厕所门上的一张画像，上面画着一袭红装的女王骑着棕马。还好楼上天窗外有通道，爬出去便是另一栋房子，那栋是没人动过的。

屋主离去得匆忙。屋里散落着成堆的陶器和衣物，抽屉和柜子也已清空，翻倒在地。这本是为了减轻搬运劳动，最后却一股脑儿都丢弃了。

窗户上仍挂着窗帘，积着层层灰尘。阁楼中央有只夜壶，尿液上漂浮着一层硬脆的死苍蝇，恶臭熏天；一只撕裂的单肩包不知被谁扔向墙壁，里面的照片散落一地。莫里斯好奇地翻看着照片：一位年轻女子戴着怪帽子，帽子像被残害的鸽子，正对着相机赧然一笑；两位穿制服的水手勾肩搭背，想必已经过世，他们的眼神同鲁伯特·布鲁克[1]早期照片中的一样，哀伤中透出宿命的意味。一块旧粉饼从包里掉出来，镜子也摔碎了。看来有人要倒七年霉[2]了。莫里斯迷信地合上粉饼，丢回包里。他们离开顶层。

越往下走，这房子越怪异。一处门楣上东倒西歪地写着“爱人如己”[3]，字框上装饰着百合花。室内的角落里，一串颗粒分明的念珠靠着一只枕头，布面的破口中飞出棕色的绒毛。天花板虽不低，但房子面积狭小，热气闷着散不去。

蜂鹰欣喜若狂地挑拣漂亮的念珠，将红色、黑色的玻璃籽缠绕在手腕和脖子上，编在长发里。莫里斯打开一座壁橱，找到了一沓沓散页的老旧圣歌集和祈祷书，一只空水瓶上倒扣着一只玻璃杯，旁边扔着一小块棕色的柔软的破布，仔细一看才知是死老鼠。

“可怜的老鼠。”

“嗯？”

“一只死老鼠。伴着祈祷书的老鼠，是一只教堂鼠。”

“你是说那种被供饼和烛油养得肥嘟嘟的，醉醺醺地围着教堂的残羹剩饭逡巡的老鼠？还是说这是一只神圣的老鼠？类

---

1　鲁伯特·布鲁克（Rupert Brooke，1887—1915），英国诗人，“一战”期间创作了许多关于战争的十四行诗，同时因其年轻俊朗的外貌而闻名于世，诗人叶芝称之为“英格兰最英俊的年轻人”。

2　古罗马人最先提出打碎镜子会带来七年霉运的说法。

3　“Love thy Neighbour as thyself.”出自《马太福音》。

似于圣牛那种？我看起来美吗？”

他优雅地摆弄着装饰累累的手腕和胳膊，缓慢地转动着重载的头，向此处彼处致意，好似爪哇庙宇的舞者。烛光下，赤红的珠子闪亮如有毒的莓果。

“你看起来就像《精灵市场》[1]的插画。”莫里斯莫名觉得应该收拾一下，将老鼠丢进水瓶里，用玻璃杯塞住，然后关上了壁橱的门。

“不过，莫里斯，这里是个什么地方呀？”蜂鹰小心翼翼地起身，念珠还是滑了下来，霎时间如豆大的雨点，冰冷地打在他的脚上。他立刻就对念珠没了兴趣，踢到一边，扯下手腕上的那串随意丢在房间里。

“我也想不出，也许是某种教会旅馆？”

“你是说一排排圣洁的处女睡在小白床上的那种旅馆？”

“大概是吧。”

“可是没见到小白床呀，也闻不到一丁点处女留下的味道。”

“处女是什么味道？”

“黄油吐司。最上好的黄油吐司。不是说我闻过处女的气味——至少最近没有。自从《查泰莱夫人的情人》打开了颓废的闸门，就再没闻过了。”

---

1 《精灵市场》(*Goblin Market*)，英国诗人克里斯蒂娜·罗塞蒂(Christina Rossetti，1830—1894)创作的叙事诗。她是拉斐尔前派的加布里埃尔·但丁·罗塞蒂的妹妹。

另一个房间里，一尊有着少女般纤纤腰肢的耶稣从墙上掉落，或是被人扯了下来，同长的四肢紧紧绑在十字架上。他的石灰鼻子缺了角，胡子缠上了蛛网。摸黑中，蜂鹰的靴子将耶稣的一只手踩得粉碎。他拿着蜡烛弯腰去看他踩碎了什么。

“老哥，不好意思啊。”他举起蜡烛，环视房间，墙壁刷了白漆，窗户装了铁栅，是个阴冷的小房间。“噢，天哪，这儿东西倒是不少，可没什么能带走的。”

“这儿是不错。古古怪怪的。”

蜂鹰跪下检查一捆衣物。“只是些围裙和工作服，肯定是清洁工留下的。这件的口袋里还有一点用过的创可贴，都卷了。”

“是不是挺伤感的，用过的创可贴。”

“还不够旧，不够伤感。倒是怪恶心的。”

莫里斯捡起一朵塑料百合仔细看了看，又丢到一边。“这房子是够怪的。”他捡起一只塑料圣水壶又丢开。

“也许我们可以在这儿开派对。”蜂鹰提议。

“邀请不到足够多的人，”莫里斯说，“现在不可能了。没有人跟咱们来往。就算开派对，也一定冷冷清清。”

“吉斯莲会来的。咱们轮流在那家伙身上睡她，”他指的是那尊无力抵抗的耶稣，“她会喜欢的。我们可以拍下来，卖给彩色增刊。”

“别开她的玩笑，拜托了。”

“那该多么有意思呀，看看她能疯到什么程度才崩溃。我一直都觉得她想变得很邪恶，但……你知道她父亲是牧师吗？”

“不知道。”

“知道以后，就挺明显的，是不是？她肯定是牧师的女儿。”

“蜂鹰，请别再说她了。”

他取下墨镜擦拭，滴溜溜的眼睛上上下下打量着莫里斯，好似爬行动物。莫里斯觉得自己就像被蜗牛黏液包裹着，越来越紧，越来越紧。

“你知道吗，她写信告诉我，我割伤她是对她的精神蹂躏。她是这么写的，用紫色的墨水。她的文笔开始有点气色了呢。那可是精神蹂躏啊！真希望是我干的。”

“别说了，让人恶心。”

“不，”蜂鹰若有所思地说，“不。某种程度上说，那是有点意思。但是把她捆在那边那个她父亲的象征上，强暴她——才是真的精彩。”

“天哪，戴上你的墨镜闭嘴吧。你疯了。”

他们又下了一层楼，蹑手蹑脚地潜入一个房间。他们渐渐看清屋里有几把折叠椅的骨架，椅子的腿和帆布椅背可怜巴巴地支棱在地上，像折翼的蝴蝶。架子上有一层蜡烛，他们拿了几支以备后用。曲折的门廊通往一间潮湿的厨具储物间，锅碗瓢盆之间是一口水槽。也许这个房间过去曾布置着鲜花朵朵。

“顶楼那儿，看起来有人住过——夜壶什么的。感觉这两处完全不搭呀。这儿到底是个什么地方？”莫里斯困惑了。

“兴许是转租给别人的，或者是教堂的工作人员住在那儿。宗教生活总得靠世俗生活来养活，不是吗？”

他们去往地下室，一路上各自护着自己的烛火，两朵小光球进入室内。地下室的厨房又狭又长，一端是黑色炉灶，一端是石制的水池，水龙头滴着水，上面长着绿色的铜锈。这里的气味恶心无比——潮湿的气味，腐烂的气味，粪便的气味，老鼠的气味，垃圾的气味，年老的气味，无望的气味，肮脏的气味，风化石头的气味，朽木的气味，煤灰的气味，人体和这座老房子衰败的气味，所有这一切混杂成难以抵挡的熏天臭气。

“是流浪汉的气味。”蜂鹰说。

他们站在高高的碗橱前，举起蜡烛查看最上层是否有遗留下的盘子或锅，却只有空荡荡的黑影。两团光晕缓慢前进，最终，在碗橱的台面上，莫里斯的蜡烛描摹出一幅反差强烈的黑白素描：一长条面包，一块硬奶酪，还有一罐炼乳，为了保存，掀开的炼乳盖子又被压上。

莫里斯拿起罐头，似乎想用触觉来确认其存在，他不敢相信这是真实的。罐头黏住他的手指，炼乳是新鲜的。

“流浪汉的迹象。”蜂鹰重复道。

他们发现了一张床，一张脆弱的野营床，羞怯地藏在阴影里。床上平整地铺着一床灰色军毯，四角塞好，当作床罩。床单泛着潮气，他们伸手摸了摸，又蹭了蹭指间——精心折过来蒙住硬邦邦的枕头。碗橱抽屉里盛着叠好的衣服，壁炉上有一面老旧、裂开的小镜子，前面放着一把淡蓝色的塑料梳子，梳齿间夹着许多头发，是椒盐色的。在这场黑暗中的搜寻里，他们零零星星地发现了这些。

“蜂鹰，流浪汉不会这么干净，收拾得这么妥当。有人一直住在这儿没走。”

住在这个洞里。

床下有双鞋，一左一右对称摆着，原本是黑色，如今已变成灰色，发了霉。这双历经沧桑的鞋破了口子、膨胀了体积，以贴合一位老妇人脚上的鸡眼、囊肿和粉瘤，鞋子奇形怪状，显得不太真实。每只鞋里各堆着一只鼠灰色的羊毛长袜，正惬意地沉睡着。

“住在这儿的是个女人。”

地下室的空气极其潮湿，像悬浮着小水珠，好似沼泽之地，每一次呼吸都是一场战役。他们被彻底淹没，只能不停地喘气，每一口都充斥着矿物、蔬菜、真菌和人类世界的各种腐臭。

“如果笼子里养了只金丝雀，肯定会摔下来死掉。”蜂鹰低声说。他耀眼的光彩正在褪去，这里的空气让他无力绽放，渐渐枯萎。

与他们一开始想的不同，窗户并没有封上，只是被结实的百叶窗盖住了。窗上的漆脱落，露出形似大陆、岛屿和群岛的原木，像未处理的伤口。天花板上挂着一卷刷了石灰的纸，洒下一地亮晶晶的白屑。角落里也有人类居住的痕迹，炉灶旁有一台原始带角的圆形小煤气炉，上方的煤气灯管盖着一件亚麻色干净的煤气炉罩。

“咱们成了贼。”莫里斯说，二人互相瞅瞅。烛光漂白他们的脸，在身后画出鬼影幢幢，惊异骇人。“得走了，咱们没做过贼，之前去的都是没人的地儿。”

莫里斯朝着光秃秃的门板走去，门上有个巨大的铁门闩，像是童话故事中“拉起门闩就能走进去”的那种，这时他们听见外面台阶上传来拖拉的脚步声，一个声音断断续续地唱着难以辨识的曲子。他惊惧地愣在原地，像古希腊恐怖面具一样目瞪口呆。门外响起呼哧呼哧的喘息和砰砰的撞击，凸出门闩晃动着。推门声、喘息声听起来有些吃力，像木头挫在石头上。

突然门被猛地推开，打在门框上。夜晚甜美的微风吹进房间，即刻又被室内黑色的气息淹没。他们的蜡烛被吹灭了。外面的街灯透进的一束光线逐渐扩大成一座光锥，旋即又被一个硕大笨重的黑影遮蔽，那阴影叹息着，呻吟着，散发着腐臭。

黑影与他们擦肩而过，奇怪的是并没有撞上。莫里斯想夺门而逃，刚准备动身，手腕却被一只阴冷的手握住。他几乎要叫出声来，但那熟悉的戒指抵在手掌上的棱角，他辨认出是蜂鹰的毒戒指。蜂鹰在阻拦他。蜂鹰想要留下。

伴随一阵窸窸窣窣的声响，那人笨手笨脚地打翻了一盒火柴，嘴里喃喃道：“噢，乖乖，噢，乖乖。”她跪下去捡火柴，身子骨发出嘎吱嘎吱的声响。莫里斯用力挣脱那只坚定的手，手没有再挽留他。莫里斯一个趔趄，不慎“哗啦”一声撞上悲惨的行军床，这时蜂鹰点燃他巨大的打火机。

躺在地上的女人转过午夜醉酒的脸，露出睡眼惺忪、似在梦中的表情，茫然不解地看向喧闹和光亮处。莫里斯心中一阵剧痛，发现这是在咖啡厅给他唱歌的那个老妇人。

在跳动着的幽蓝色火光下，蜂鹰苍白的长发和抬高的雌雄莫辨的脸庞，显得硬朗精巧，不似真人；美杜莎，大理石，太可怕。[1] 一股小风从门外吹来，摇曳着蜂鹰手中的火焰，一道道光仿佛从他飘动的发梢射出。她目瞪口呆，茫然无措，如同佛罗伦萨画派的报喜图中，圣母邂逅美丽、严酷的报喜天使[2]，她瘫软在地，松弛的嘴无声地开开合合。

蜂鹰似恶魔附体向前冲去，展开翅膀似的白袖鼓起滚滚巨浪，发出高亢尖厉的嘶叫。他是幽灵、疯子、吸血鬼。

过了许久，一声失控的、好似野兽的尖叫从她椭圆形黑洞般的口中爆发，延续并进一步放大了他的呼号，叫人胆战心惊。她布满褶皱的灰色双手在空中胡乱扑腾，接着她一头栽倒在地，浑身抽搐痉挛。火焰熄灭了。除了门上的铰链在摇晃着嘎

---

1 原文为“Medusa, marble, terrible”，前后分别压了头韵和尾韵。女妖美杜莎的凝视可将人化为石头。以 marble（大理石）一词表现人物的美貌，可见于奥地利作家马索克（Leopold von Sacher-Masoch，1836—1895）的《穿裘皮的维纳斯》（*Venus in Furs*）。

2 “天使报喜”是拉斐尔前派喜爱的主题，罗塞蒂、伯恩 - 琼斯和后辈沃特豪斯等画家都画过。

吱作响，四周没有任何声音。

“为什么？”莫里斯问，他的舌头已像麂皮一样干涩不听使唤，“你为什么要这么做？”

“我想看看她会怎样，”蜂鹰的口气就像大人给反应慢的小孩点破明显的事实，“我想拉拉她的绳子。”

莫里斯伸手去摸火柴，不觉踉跄一步。

“我们得想办法救她，去叫医生吧——”

蜂鹰抓住他，拉他至门边。

“莫里斯，别傻了。我们必须立刻回家，就现在。”

“回家！”

“来，快点。”

“但我们不能丢下她不管。噢，天哪，可怜的女人，她可能会死——”

“来啊，你这个傻子。”

那双纤细却强硬的手拽着他，他在颤抖中孱弱地反抗，却还是被拉上了采光井的台阶。夜幕笼罩在头顶，他们好似跳进一片池塘，静谧的夜色淹没了一切。莫里斯大口地吸入新鲜空气，气喘吁吁。

“可我认识她呀！她在咖啡厅工作，是个热心肠的人，总是唱着——”他的语句拦腰中断，他无法继续思考。在他的脑海里，她还在永恒的春日中采集着丁香花。

“如果她认识你，那就更不应该去招惹警察。难道你想蹲号子？”

“这不会惹上警察的！”

两人驻足，四目相对，宛如爱侣在似曾相识的凝视中初绽火花，相交的视线再也无法移开。蜂鹰脸上的一块肌肉抽动了一下，他迅猛地抓住莫里斯的肩膀，将他摔在采光井的栏杆上。莫里斯四肢张开，散架一般撞得栏杆嗡嗡发颤，他上气不接下气，过了一会儿，才慢慢滑落在地。蜂鹰蹲坐在他身上，按住他，用体重压制着他。

“医生会找来警察的，傻瓜。”他的语气近乎温柔，嘴贴近莫里斯耳边，湿润而炽热。他闭上嘴，将尖利的小犬齿刺入对方柔软的耳垂中，莫里斯在刺痛的痉挛中闭上了眼睛。这一咬，尖锐咸湿的疼痛传遍他的全身，将他唤醒。他出乎意料地积聚起剩余的所有力气，协调好四肢，将放松警惕的蜂鹰掀至一边，夺路而逃。

他迷迷糊糊地朝一座电话亭跑，电话亭在街尾发出微弱的光，像一座灯塔。此刻，他唯一的念头就是打电话救地下室的女人，他的腿不假思索地全力飞奔。还没跑出十码，蜂鹰又跟了上来，从后面跳到莫里斯身上，坚韧的手臂像猴子似的勒住他的喉咙。

莫里斯的脸撞向冰冷坚硬的人行道。他们一边挣扎一边滚进排水沟。莫里斯伸手去抓蜂鹰白花花的脸，想在铺路石的尖锐边缘上砸它、毁它、粉碎它，直至它血肉模糊、白骨裸露。

可那张脸东躲西藏，他根本逮不到它。

好一会儿，蜂鹰被压在莫里斯身下，他们胸口紧贴，吞咽着彼此的呼吸。莫里斯举起手臂想给他一拳，不料蜂鹰瞬间挣脱了他的束缚。莫里斯感到一阵刺痛，随即视线模糊。他呻吟着蜷缩成胚胎状的一团，紧紧抓住自己的肚子，眼睛因疼痛而布满红血丝。等他眼前渐渐清晰，发现蜂鹰正跪在他的胸口，手里拿着一把刀。

“亲爱的，别逼我杀了你。”蜂鹰说。他的声音高亢紧绷。

“这不是真的，”莫里斯想，“我在做梦。为什么我会梦见他又愿意叫我‘亲爱的’呢？他如此痴迷于那小小的刀尖，致命的刀尖。他在梦里肯定会梦见刀，他梦见的不是死于刀下——他那不可避免的结局——而是刀本身。扎着他喉咙的小小的刀尖，曾掀开吉斯莲的皮肉。他知道，或者说认为自己知道，就是那把刀。他之前从未见过，他一直想见见。他觉得自己在做梦，因为他觉得这几乎不可能，如此小的一片金属竟暗藏着骇人的威力。

“别。”蜂鹰重复道。他的头发像婚纱的头纱罩在眼前，脸上闪耀着新娘的光彩，嗓音如风穿梭在电报线之间的歌声。

“别再这样，我亲爱的！”

这时，一张被丢弃的报纸在黑暗中乘着打闹剧式的微风飞来，盖住莫里斯的脸，一切都消失了，只剩下报纸，真真切切的报纸。有那么一会儿，他当真认为报纸杀了他，自己已经死了。转眼他被薯条和醋的臭味呛住，他一边咳嗽，一边咒骂着将这张黏糊糊油腻腻的滑稽东西扯下来。他感觉蜂鹰的大腿放松了对自己的禁锢，对方那冻结肉体的紧绷感已消失。他听见金属撞击石头的咔嗒声和一声喘息。蜂鹰放声大笑，这仅仅是一场大笑发作的开端。

过了一会儿，莫里斯擦干净眼睛和嘴上残留的报纸，扔进身旁的下水道。一段石阶通往一幢封着窗户的废弃宅邸，蜂鹰坐在石阶的最底层，抱着头不停地笑啊笑。莫里斯小心地活动着身上每一块疼痛的肌肉，缓缓站了起来。他捡起落在路缘上的刀，一瘸一拐地走向蜂鹰。

“我想这是你的。”他扔下刀。他的一颗牙松动了，满嘴是血，他啐了一口，却引起一阵反胃。他蹒跚着去抓蜂鹰伸出的手，脚下一滑，重重跌坐在他身旁。

“噢，莫里斯，多么美妙的反高潮呀。我们真是傻了吧唧的。噢，天哪，斯坦和奥利[1]——斯坦和奥利。”他大笑着自言自语，头左摇右摆。

“送我回家吧，蜂鹰。我感觉自己可能要晕过去了，那可怎么办？”

“噢，可怜的莫里斯。”

莫里斯的身子实实在在地倚靠着蜂鹰，蜂鹰将莫里斯温柔

1　早期好莱坞电影中的喜剧二人组。

缓慢地扶上货车。莫里斯的前额有一道出血的伤口，灯芯绒外套撕破了，后背和裤子上沾着不知哪来的深色污渍。蜂鹰时髦衬衫的花边被扯下来，沮丧地耷拉着，侧脸上青一块紫一块的。他已冷静下来，一路上拖着莫里斯的残躯，时不时还会无声地笑笑。

“真好啊，”他欣慰地说，“这一切发生在衰败的老城区，没什么人来。”

一只觅食的猫突然跳下，碰掉了垃圾桶盖，发出瓦格纳式的回声，在莫里斯听来，这回声像飞散的群星。星辰渺小如散落的花朵，在澄澈的天空中发出璀璨的光芒，一轮静静微笑着的硕大满月悬挂其中。

“看那月亮。一轮收获月[1]，地中海月[2]。这场景该有个棕肤的小伙在这里弹吉他，一群女孩头上插着玫瑰，赤裸着胸。”

“我们应该救救那老妇人。”莫里斯嘴里含着血机械地说。

“不过我们得先把你送上床。你现在精神状态不好，对不对？明早我们再想怎么办。”

他将莫里斯塞进车里，莫里斯自己几乎动不了。车朝着店铺缓缓驶去。他们礼貌地停下等红灯，路上空空荡荡的，只有他们一辆车。这时莫里斯鼓起勇气说：“可是我们现在就该去

---

1 Harvest moon，秋分前后的满月。

2 Mediterranean moon，出自 The Rays（1955 年诞生的美国乐队）在 1959 年发行的同名唱片。

救她。”

“请安静点。”蜂鹰的声音变得严厉。

“我不能，我做不到。我们应该去找医生——”

“安静点，别逼我发火。”

“我们可能害死她了。我猜她已经死了。蜂鹰，我猜她已经死了——”

他歇斯底里地抓住蜂鹰的手臂，货车一阵颠簸滑向路边。蜂鹰将他一把推开。

“拜托你安静点！”蜂鹰朝他脸上给了一拳。莫里斯的鼻子开始滴血，终于他不再作声。

# 十

到店后，蜂鹰从小棕瓶里拿出四粒镇静剂，捏碎撒进一杯黑咖啡，灌入莫里斯的喉咙。滚烫的液体顺着莫里斯的下巴流下，溅在他的脏衬衫上。他几乎没喝到多少。蜂鹰骂骂咧咧地又捏碎两粒镇静剂丢进剩下的咖啡里，用力按住莫里斯的头，让他全喝下去。他咕哝着想将头转向一边，但拗不过蜂鹰的力气。蜂鹰把他拖进工作室，扔在地上，胡乱团起一条毯子枕着他的脑袋。

“我可爱的小宝贝，睡觉吧。”

蜂鹰朝门走去，莫里斯突然撑起身子，抓住他的脚踝。

“我们干了很坏的——”

蜂鹰用高跟靴狠狠踹他胸口，莫里斯蜷缩起来咳嗽不止。蜂鹰重重关上了门，自己也嚼了两片药，灌下很多水。他摘下墨镜，眨巴着眼睛。他的眼皮耷拉着似睁非睁，也许是药起效了，但他只会承认是太累了。他疲惫缠身，步履蹒跚。艾米莉的猫咪汤姆扑通一下从黄铜床上跳下来和他打招呼，呜呜叫着用头蹭他的腿。

“你好呀，小猫咪，”他说着打了个哈欠，弯腰去抚摸猫的头，用压低的气声发出喵喵的回应，“你今晚捉到老鼠了吗？小鸟呢？你为什么不捉小鸟呢？”

“什么东西咚咚乱响？”艾米莉的声音从一团漆黑的床上传来。

“莫里斯摔倒了，受了惊吓，现在还没回过神来。”

“噢这样。”她说，声调里似乎有莫里斯的语气，蜂鹰瞬间僵住。

“艾米莉，我好累，好累。”他赤身露体地溜进她清爽崭新的被单里，伸出一只冰凉的爪子去探寻她身体温暖的大陆。她立刻抱紧他。两人在床上躺了十分钟，都没有睡着，这时莫里斯开始呻吟。起初，叫喊声很轻微，像远处飒飒的树枝，接着声音越来越大，他们听得越来越真切。

“他可别再折腾了。”蜂鹰说。艾米莉辗转反侧，被单发出沙沙的声响。

“艾米莉，我给他吃了五粒安眠药，他应该睡着的。”

“老天！五粒马都该睡着了。”

“对呀。”

她坐起身用质疑的目光俯视着他。床发出吱嘎的声响，仿佛在抱怨这深更半夜的不该开这种玩笑，但他并没有开玩笑。

“也许人跟马不一样。”她总结道，像是说了一句格言，然后又躺下了。

呻吟声回荡在耳畔。

“像海上的风暴。”她说。

呻吟声无休无止。疼痛、含混的叫喊逐渐形成话语。艾米莉再次坐起，仔细聆听。

“你这女人，就不能好好躺着吗？一起一落，一起一落，像他妈的溜溜球！”

“他不高兴。”她说。她专心听着，突然说，“噢哟，我的老天爷——你听到了吗？”

“他太累了。我也太累了。我想睡觉，太想了。我要睡觉！”

伴随着一声低沉的惊叹，爆发出啜泣声，清晰可辨，穿过房间传到他们耳畔。青铜色的城市弧光透过没有窗帘的窗户照进屋内，灯光下，艾米莉沉静严肃的脸越发沉静，越发严肃，厚实的嘴唇抿成一条坚定的线。

“可是蜂鹰，他很痛苦呀。肯定出了什么问题。”

“我也很痛苦。他想折磨我，肯定出了什么问题，他不让我睡觉，想把我逼疯。去死，快去死吧，混蛋！”他狂躁起来，将自己的枕头扔向墙壁（莫里斯就靠在墙的另一侧），从头到脚埋进被子里，盖得严严实实。

“别像个傻孩子似的。他病了。听。”

一声似自言自语的低沉呻吟。

“他需要人照顾。”

“那快去照顾他吧。”

“我可以吗？”她认真地问。轻微的啜泣声传来。她掀开寝具，迈出一条白皙的大长腿下了床。

“蜂鹰，我真的可以过去？”

“可以，噢，可以。过去吧，你想干什么都行，只要让他安静下来。这样我才能睡觉。”

“干什么都行？”

“什么都行，什么都行。”

她盯着他，被子和毯子下拱起的小丘。她严肃地、若有所思地凝望着他。

“什么都行。”她自言自语地重复着。

“走啊，快出去！你爱我的话，就为了我，让他闭嘴！”

她脸上的表情叫人猜不透，但他看不见。她立刻去找莫里斯，先是轻轻关上身后的卧室门，再是工作室的门。

莫里斯早已抖掉了毯子，面朝下趴在沟壑纵横的地板上，一半清醒一半发狂，难以自抑地哀泣。她将毯子裹住他的身子，为他造起一座温暖的羊毛小巢。她将他的头贴在自己胸口，和着他悲痛的节奏轻轻摇晃，低语道：“好了好了”“没事的，一切都很好”“嘘，嘘，宝贝儿，嘘”。她的小妹妹特蕾莎和其他弟弟妹妹弄坏了玩具，或者划破膝盖时，她也是这样安慰他们的。他逐渐安静下来，最后静静地靠在她身上。头脑清醒后，他惊讶地发现自己正第一次感知她赤裸的乳房。他伸出一只手，试探性地盖住她的左乳头。

“没事的，”她说，“是艾米莉。”仿佛他们二人——他穿着衣服，她全身赤裸——半夜躺在他工作室地板上，是再自然不过的事。

“嗯，好的。”他说。

“出了什么事？从没见你这么难受过。”

他想讲话，却讲不出，只是绝望地摇了摇头。眼泪再次涌出。她将他抱得更紧，动作却更加温柔，脸颊贴近他的头发。

“莫里斯，莫里斯，”她说，“你在睡梦中哭得那么凶，你说你杀了自己的母亲，你哭得那么大声，我得过来看看。”

他将脸埋进她的胸口，那里潮湿黑暗，他不住地颤抖。屋外某座教堂塔楼敲响了三点的钟声，这大半夜的，后院鸡舍里的公鸡却在傻乎乎地喔喔打鸣。

“我小时候，”过了良久，他开口道，“有一天，我一个人在房间里，那是旅馆的一个房间，床头柜的卡其色罩子上放着一本《圣经》，柜子里放着一只白色夜壶，床单的布料很粗糙。我借着房间中央灯泡的光——只有中间的一盏灯——数着被单的经纬线，因为我想不到别的事可做。接着我听见一阵脚步声，似乎有些痛苦。伴随着奔跑的脚步，传来一声哀鸣。”

“嗯。”艾米莉抚摸着他的脸颊轻声应道。

“这些声响在我窗下陡然激起一道波浪，接着被黑夜吞噬。过了一会儿，我听到了歌声，嘹亮喧闹的歌声，从外面传来。我为什么跟你说这些？”

“可怜的莫里斯，我怎么知道呢？你要是想说，就说吧，只要能让你好受些。”她的手摸遍他伤痕累累的身体，仁慈在她指尖燃烧，灼人又冷漠，现代《新约》笨拙地将其翻译为“爱”。

“歌声很快消失了，也再没有听到脚步声，我心中惶恐，歌声是紧跟着脚步声的，我确定。我太害怕了，甚至不敢把自己蒙在被子里。我特别想看看窗外，好不容易鼓起勇气，却发现窗上挂着漆黑的窗帘，我无力拉开。无论如何，我也没试就是了。这时我听见门后有嘶哑的喘息声，像一匹狼，或者是我想象中靠近狼会听到的声音。生锈的味道，像锈迹斑斑的铁，现在回想起来，那呼吸闻起来像硬币的味道。”

“可怜的小宝贝儿，你那时多大？”她并非以爱称唤他，而是指多年前房间里那个幼小、恐惧的他。

“七岁吧，我想。对，大概是七岁。我觉得那呼吸声是我的母亲。莫名地，我认为那脚步和声音是她，我知道那呼吸是她的，她吸气时，又有另一个声音呼气，两个呼吸声交错着。门开始摇晃。长大后，想起这件事，我才明白他们是在……做爱，也不对，他们没有爱，是在交媾，我想……他们当时是背靠着门，站着亲热。我母亲和一个人。就在那时，突然所有的灯都熄灭了，一枚炸弹落了下来，床、被子、灯泡、房间、门、呼吸声全都消失了，只剩下我自己，整个世界落在我的头顶。”

“你被埋了很久吗？”

“埋了一段时间。不算太久。你大概能明白，那是我最后一次见我母亲，如果那是我母亲的呼吸声的话。然而我确信那是我母亲在呼吸。但是她走了。我不知道她是死了还是借机抛下我。大战期间，我是个累赘。可是他们没找到符合她特征的尸体。当然，有很多尸体根本无法辨认，他们将其中一具以我母亲的名义埋葬了，但那可能不是她。我不知道。”

“我对战争一点印象都没有了。”

“是啊，你还小。”

“我现在二十岁，也不小了。有的女人在这个年纪已经结婚生子了——”她戛然而止。

“还小。”他说着，将她抱得更紧，他轻柔、贪婪地抿着嘴轻咬她的胸脯和肩膀，仿佛在汲取营养。一阵风从门底吹进来，她用身子裹住他，像羊皮毛毯一样温暖舒适。

“今晚那个不可能是你母亲，对吧？”她猜测，“从你的记忆来看，她应该是死了。”

“我记不清了。只记得她可能死了，但是不确定。至于那个可怜的老妇人——我想我们把她吓死了，艾米莉。”

他的声音再次拔高。“这就是我为什么告诉你这些，因为我从不确定她已经死了。”

“轻点儿，声音轻点儿……”

“如果我母亲还活着，现在可能就是那样一个可怜的老妇人，衰朽不堪，无名无姓，一定是因为我母亲的缘故，她在餐厅对我唱歌时我才会那么喜欢她。她曾经唱过她喜欢的小伙在楼上的阳台朝她挥舞着手帕，还有好多音乐厅的歌儿。”

他再次呻吟起来。出于仁慈的直觉，她毫不犹豫地开始轻柔地爱抚他，她想不出别的办法让他暂时忘却恐怖的往事。起初他剧烈反抗，但毕竟虚弱又不适，很快就被她制服，她想将他送至安全地带的愿望无比强烈。他们缠绵了一小会儿，刹那间他所有的力气消散了，一切结束。他搂着她入睡，呼吸沉重而均匀。

艾米莉没有睡。她睁大眼睛一动不动地躺着，月已西沉，天空渐暗。整整一夜，她听着傻乎乎的公鸡时不时地叫一嗓子。准确地说，她并没有在思考，而是重新规整她心里笨重的家具。房子里如此静谧，她甚至能听见古老的木结构下沉、活动的声音，马桶水箱中汩汩的流水声像老汉的肚子咕咕叫，不严密的窗户缝里隐约传来城市夜间寥寥车辆驰骋而过的动静。她在狭小的空间里躺着，身子僵硬得发麻，却动也不敢动，生怕弄醒了莫里斯。

她的猫用圆鼓鼓的脑袋顶开工作室的门，终于来到她身边。她见到猫儿很高兴，发现它离了她不肯睡觉，她也倍感欣慰，此刻她正品尝前所未有的孤独。猫儿找到她后呜呜叫了几分钟，然后蜷缩在她的脚边睡着了，这份暖意让她心生感激。此刻，光线变得柔和，呈紫罗兰色。黎明将至。莫里斯在惊扰中醒来，他困倦无力，但头脑清醒。她讶异于自己的肌肉已冰冷僵硬。

“想喝杯茶吗？”她问。

“不了，谢谢。还是不了。我想我还是回家吧，真的。已经是早上了吗？”

“快了。你想回你妻子那里去？”

“我想回家。”但那不是家。没关系，也够了。他想被自己的东西围绕，这样他才能舒适……也许埃德娜会让他舒适。

艾米莉将毯子围成一件粉色袍子，站了起来。她看起来像古罗马人，完美无瑕，超凡脱俗。他记得自己和她说了很多话，但是说了什么一点儿也记不清。如同将鹅卵石扔进深邃的井里，消失得无影无踪。他有，或没有，进入她？她有，或没有，将腿缠绕在他的身上？当他看着她静默严肃的卢克丽霞[1]似的脸时，他就连可能性都无法想象了。

“不过，你现在能回家吗？这是个问题。”她弯下腰，握住他的手，先感受了他的脉搏，又摸了摸他的额头，动作娴熟，他躺着几乎一动不动。

“你的脉搏稳定，额头不烫。别躺着装病啦，起来没事啦[2]。”

他任凭她拉起自己，一阵轻微的眩晕后他才放手。

“你可是有点脏了，”她厌恶地说，“如果我是你，回家后可得好好洗洗。”

她掸掉他外套袖子上结块的灰尘，舌头贴着牙齿发出不满的啧啧声。

---

1　卢克丽霞（Lucretia），一位古罗马贵妇，传说她被伊特鲁里亚国王的儿子塞斯图斯·塔奎尼乌斯强奸，遂拔刀自杀，是一位贞洁烈女。

2　“Upsy daisy.”扶起跌倒的小孩或将儿童高举时的用语。

“艾米莉，”看着她拂拭并抻平他的衣服，他好奇地问，“昨晚，是我出现了幻觉，还是我们真的——”

“是我，”她干脆地回答，“你下得了楼梯吗？”

“我觉得应该可以。”

“那可太好了。”

她抱起一直在她腿边蹭来蹭去的猫咪走出房间。他听见厨房里响起水声。她一定是在清洗——将他从自己体内洗掉。他有点得意地想：“经历了那些事后，我还是对妻子不忠了啊！”

漫长的回家路比他预想的艰难。他的脚不断打滑，时断时续的眼花让他不得不频频停下，猛吸几口黎明时分清爽的空气，好似咬一口酸涩的青苹果，斯特摩青苹果或者史密斯青苹果。

“埃德娜又怎么会知道我和蜂鹰的姑娘睡了觉，艾米莉什么都不会说。”他就这么想着，不知不觉又走了一会儿。

总之，和蜂鹰的姑娘睡觉是一项成就。可惜的是他只记得在她怀里时，那一刻的平静和安全感，别的什么都记不清了。做过就是做过了，他并不真的在意自己是否还有机会碰她。他意识到，自己之前从未因为艾米莉本人而想要她，如今他也并不想要。

莫里斯感到一阵眩晕，只好在路缘边坐下，一位干干净净的上班族厌恶地朝他冷笑，那人的夹克里鼓鼓囊囊地揣着饭盒，抵在大腿上。他把莫里斯当成了逍遥了一夜、刚从派对出来的垮掉派醉鬼，而他自己走在赶早班的路上，是个勤奋的正经人。莫里斯有些不好意思。他稍稍恢复了些，努力站起身来，活动着手指触摸天色渐亮的清晨。他感到自己的脚步声充满昂扬的希望，踏起骄傲的军乐鼓点，久经沙场却永不言败，这让他振奋。就这样，伴着假想中的笛声和鼓声，他一路挪回了家。

与此同时，艾米莉洗完澡，换上了干净的内衣和裙子。清晨微凉，她套上毛衣，煮了一壶茶，喝了两杯。拿来小碟，准备为汤姆放上些罐头猫粮。她打开罐头，舀出肉，汤姆跳上桌战栗着，兴奋得难以自抑。她几次想把它嘘到地板上，桌子是放人食的，猫不该上桌，可它一次次地跳回来。突然，她不再驱赶它。她扶着桌边站了会儿，面容抽搐，然后猛冲到水槽边，刚好吐在了洗涤盆里。

她坐了会儿，用热水和消毒剂洗了盆，又倒了一杯茶。她看着镜子里的自己，两颊苍白，用手按了按肚子，触到了柔软的皮肉——她大声尖叫："噢，可别犯蠢了！"

她无法平静下来，焦躁地在厨房里走动，拿起东西又放下，嘴里喃喃道："圣母玛利亚呀，拜托，别让我——"又摇摇头，为自己的迷信而悲伤地自责。

猫儿肚子里填饱了早饭，伸着懒腰，打着哈欠，粉色的舌头灵敏地舔着胡须，捕捉最后一点小碎屑，接着它翻身一滚躺在地上，开始全方位的晨间洗漱，它精神奕奕地舔舔尾巴、后腿、胸部，最后恢复坐姿，用弯曲灵巧的爪子洗洗脸和耳朵。艾米莉看着猫儿如此活泼有序、专心致志，她感觉好些了，倚在桌边望着它。

天已经完全亮了。她下楼穿过店铺去厕所。路对面，洗衣房已经开始轰鸣。肉铺门口停着一辆大货车，两个男人穿着血淋淋的工作服从车上拽下巨大的连骨肉、血红的牛排、琥珀色的厚皮猪肉、白花花的羊腿和玫瑰色的羊肩，扔进屠夫敞开的怀抱中。屠夫穿着脏兮兮的蓝色围裙，戴着血迹斑斑的草帽站在人行道上，苍蝇围着帽子嗡嗡地转。

街上也已经有人了，一个身形娇小的姑娘，站在橱窗外，盯着里面的火烈鸟色绸裙。她穿着一件光面的黑色雨衣，半遮着穿蓝色牛仔裤的大腿，金黄色的后脑勺上反戴着一顶锃亮的黑色油布鸭舌帽，像火车司机戴的款式。艾米莉也想给蜂鹰弄这么顶帽子，旋即又停止了想蜂鹰的念头。有那么一会儿，艾米莉觉得这女孩楚楚动人、青春稚嫩，也许只有十三四岁吧。可是，女孩动了动，光落在她的脸上。

她的半边脸上蜿蜒着一条愈合的长疤，看得出是很重的伤。整侧脸颊是一团皱巴巴的白肉，像一碗小孩子摆弄后遗弃的牛奶冻。在这片毁灭的地貌上，一道深邃的沟壑从中穿过，延伸到她衣领下的喉咙。颗粒状的粉底嵌在脸上大大小小的裂缝中，如同石灰拍打在破碎的墙上。另外半边脸却鲜嫩光滑、温润多汁，好似阳光下的水果。月之阴阳两面并行于眼前。

她似乎准备在店外等很久。艾米莉看着她时，她叼起一根烟点燃了，吐出一朵完美的烟圈，趁消失之前迅速伸出手指从中穿过。她笑了。她笑的时候，半边脸像快乐的婴儿，半边脸皱缩起来，一言难尽。艾米莉咽了口唾沫，压住再次袭来的恶心，直奔厕所。

她在厕所待了很久，盼望着那个女孩会离开，然而回来时，却发现她刚踩灭了烟头，正伸着懒腰打哈欠。艾米莉打算直接穿过店铺上楼，但她做不到。她想留下来观察这个女孩，看她要做什么，在等谁，究竟为何站在那儿。望着女孩万圣节面具般的脸庞，她说不上缘由地害怕她。

女孩又点了一支烟。艾米莉注意到女孩手上沾着棕色的烟渍。艾米莉浑身冰冷，将手放进毛衣袖子里想焐热，环顾着室内熟悉的一切。她噤若寒蝉、忧虑不安，浑身不自在。“大概是因为她可怕的伤疤。”她望着鲤鱼标本、戴帽子的裸体男孩、阿伯茨福德椅子、伸出角的留声机，仿佛在向这些无生命的物件乞求保护，以抵挡那个等在门外、展现着爆裂之美的幽灵。

疤痕女孩退回到马路上，向上窥视楼上的窗户，想看看是否有人活动的踪迹。这会儿，她又贴在橱窗上，眯起眼睛直勾勾地盯着屋内。艾米莉焦虑地动了动，女孩注意到了。她丢下烟，突然恢复生机，狂怒地用小拳头砸门，一边砸得门哐哐震动一边大喊：“让我进去！让我进去！”她的声音尖锐而清晰。艾米莉心想她的眼睛真大，还是那么深邃的棕色。

艾米莉耸了耸肩，迈过留声机去开门。她觉得自己很勇敢，可是她也别无选择。

# 十一

送奶车上奶瓶叮叮当当，淹没了紫叶山毛榉上鸟儿的啼鸣。莫里斯进了大门，扒着桃花心木的楼梯扶手，拖着身子爬上陡峭的台阶。扶手黏糊糊的，大概是有小孩没洗手在上面乱摸。他的双腿仍然发软打战。到了家门口，他笨拙地摸索着钥匙，不慎将钥匙掉在地上。他弯腰去捡，体内的血液瞬间涌至头部，激起一场漩涡滚滚的海上风暴，他差点儿面朝下摔在地上。他扶着门框直起身来，闭上眼睛。一台血色的旋转木马在他眼睑下旋转，他一边耐心地等待它缓慢停下，一边品尝着嘴中奇妙的金属味。

“走得快累死了。”他想。

他在厨房的凳子上坐了十分钟，抽了几支走味的香烟，跌跌撞撞地步入卧室准备上床。敞开的窗户仍拉着窗帘，帘子随风鼓起又缓缓展开，轻柔的光影在房中穿梭游荡。

梳妆台周围萦绕着洒落的粉底香甜的气息，风搅扰着椋鸟的巢，闪射出光点粒粒，是埃德娜落下的发夹，旁边是开叉的化妆刷和缺齿的梳子。幽灵似的白色尼龙睡衣悬在椅背上，泛着粼粼波光，随意丢下的白色胸罩，双峰耸立在椅上丝袜的悠悠水潭中。半梦半醒中，莫里斯想起这是周六早晨，经历了工作日的辛勤劳动和夜夜忧愁，埃德娜这会儿可能还在补觉。他摇摇晃晃地向着床走去。

印度风条纹床罩下隆起两具人形。迷迷糊糊中，他渐渐辨认出枕头上有两张侧脸，朝向同一侧，样子像一幅儿童画。本应枕着他脑袋的枕头上，是另一个男人。

皱成一团的被单裹着男人苍白的肩膀和毫无防备的脖子，莫里斯看清他崎岖的发际线下有一颗圆疖的粉尖。是亨利·格拉斯，正安然无害地睡着，他的呼吸一阵阵拂开埃德娜宛若瀑布的棕发。他们睡得琴瑟和鸣，被单同起同落。

莫里斯瞬间火起，向前扑去，双脚却被亨利·格拉斯扔在地上的裤子缠住，脚踝又被白衬衫的袖子绊住，他不得不停在原地。昏沉中他努力集中精神，费了好久工夫解开格拉斯像蛇一样黏滑的衣服，等他终于脱身将所有衣服踢到一边，心里的怒气已然平复。

气息轻微，温暖惬意，他们的睡姿相互笃信。亨利·格拉斯的手臂揽着埃德娜的臀部，两人的头发缠绕在一起，棕色与浅色交融，像牛奶和咖啡一同浇在枕头上。两张柔软的嘴卷曲如花朵，安详沉静，柔嫩的眼睑像休憩的花瓣。舒适的被单下他们贴身而眠，好似豆荚中的两颗豌豆。莫里斯倾听着两人微弱的呼吸奏出的轻盈乐声。

他蹑手蹑脚回到了厨房，捧起冷水扑在脸上。彻骨的水珠令他精神一振，眼前一片清明，目之所及变得极其清楚，极其渺小，成了一幅绝妙的微缩画。他感觉自己似乎能双手拎起那张床，仔细探查其占有者，拨弄每一处细节，像格列佛在小人国一样。他的埃德娜沉浸在甜美的梦中，洋溢着幸福，却是同另一个人。

他开始刷牙，这口糟糕的牙可让他遭罪了。他放下牙刷，刷头已染成红色。他想："现在必须得去看牙医了。"他脑中瞬间浮现出自己坐在牙科椅子上的场景，穿着白大褂的男人检查他的牙齿，身旁的池子里咕嘟咕嘟地冒着水，护士守候在一旁。这是对于未来的"回忆"。他知道这一次真得去看牙医了，肯定会去。他头一次对某件事产生了笃定的感觉。他把头发梳得整齐清爽，用沾湿的茶巾刷掉衣服上最显眼的污渍，最后擦亮了鞋子。

他静静地来到客厅找了纸笔，快速写下几句话给埃德娜。黑色的字词从笔尖跃然纸上，排成整齐的行，想必这些话在他心中已酝酿多年，他写完后甚至不需要再读一遍。

"我走了。要幸福。他比我更需要你。谢谢你爱我，虽然我从来都不配。莫里斯。"

他将字条靠在厨房的糖袋上，这样她肯定会看见。他出了公寓跑下楼梯，而就在刚刚，他上楼还很费劲。冷水洗尽他的虚弱，此刻他轻快利落、干净清爽。他开始飞奔。

他沿路奔跑，越跑越快，直到他觉得快要飞离地面。他在逃离那座公寓，逃离它所承载的所有不堪的往事。埃德娜弯下腰，将她耗时费力烹制出的难以下咽的食物递给他。埃德娜晚上站在梳妆镜前，用油腻的棉绒卸下脸上的妆。埃德娜小臂浸没在肥皂水中，疲惫地刷洗衬衫领口和袖口附着的污垢。埃德娜哀泣着，当她看见他和某个浓妆艳抹的派对女郎搭讪。埃德娜忍受头痛的折磨，在昏暗的房间里呻吟。埃德娜毫无见解地谈论绘画。埃德娜纯粹出于同情，向亨利·格拉斯张开双腿。

奥斯卡那谜语式的留言终于解开了：小心，莫里斯，低眉顺眼、受苦受难的亨利·格拉斯将继承你被忽视的妻子。是啊，他已经继承了。

然而，埃德娜和亨利·格拉斯会无比幸福。他们会一起回忆亨利·格拉斯的夫人，聊上几个小时，她柔情的源泉喷涌而出，而他心甘情愿地沉浸其中。她会戴上亨利·格拉斯锈蚀的首饰，他会为她在厨房里安装置物架，打造浅木色的橱柜和三脚凳，还会为他们将来的孩子制作简单可爱的玩具（他们会生好多孩子），他不会再让她出去工作，她的厨艺（也许）会有所长进，她会烘焙全麦吐司，用风吹落的苹果做酸辣酱。他们一家人还会外出采摘黑莓，在红黄交映的秋叶间欢笑。她会逐渐丰腴起来。这张斑斓的生活图景由她的同情编织而成。

（前一晚，那一轮洁白素雅的满月，阴柔缱绻，神秘莫测，艾米莉也是出于同情，张开了她的双腿。难道说月圆之夜，女人便会行同情之举？埃德娜和艾米莉，皆是如此……

（但又不同，完全不同。埃德娜会认为，爱亨利·格拉斯，或是与亨利·格拉斯坠入爱河，这一行为恰当得体，合乎道德，更何况亨利·格拉斯惨遭厄运，亟须爱护。她会柔情似水地淹没他，舒适自在地开启一段新关系。如果她为背叛丈夫——她的第一任丈夫——感到一丝愧疚，也不过是给无味的布丁撒上宜人的香料罢了。这是同情滋养出的充满人性的恋情，抑或是恋情滋养出了同情。

（那艾米莉呢？强硬冷酷、淡漠无情的艾米莉尽其所能抚平他的情绪，今早却又像幼儿园老师一样对他不理不睬，完成任务后就将他支走，不再多说一句。哪一种才是更真挚的同情呢？是埃德娜满怀真情的自我牺牲，还是艾米莉抽象的风格化表现？从领受同情之人的角度来看，哪一种才是最佳的选择？）

到了城中心，他仍苦思冥想着括号中的问题，不自觉便走进了咖啡厅喝茶。他坐下喝着，脑子里把同情的困扰撇在一边，转念思索自己现在该做什么。他会离开，真的离开，忘记他们所有人，真的忘记他们所有人，去很远很远的地方，找一份踏踏实实的工作，比如吹玻璃、装煤气或者修路。他该去以色列的集体农场干活吗？这个想法还是太异想天开了，他决心将这些幻想抛诸脑后——他要成为真实世界的公民，那个世界非黑即白，没有暗影。他感到重生在即，而他就是自己的接生婆。莫里斯·格雷正重生为一个崭新的务实又坚强的男人。茶喝到一半时，他听见了歌声：

“你会回家吗，比尔·贝里，你会回家吗……”

刹那间，埃德娜忧伤、责备的样子从他杯中浮现。她戴着那串灰白色珠子的项链，珠子此刻却化作一个个小骷髅。骷髅是他们未降生的孩子，不过是一些待出生的莫里斯。也许她真的爱过他，也许和亨利·格拉斯同床共枕只是为了做做样子刺激他，也许他一走她就会心碎……她摇曳着，从杯中淡去。

莫里斯后背一凉，不相信自己听见了歌声。

那位斯特勒尔布勒格穿着灰色工作服，戴着灰色头巾，系着白色围裙，完完整整地出现在他面前，拿着破抹布飞快地擦着桌子，抛给他一个浓情蜜意的媚眼。

“多么可爱的早晨，我的宝贝儿怎么样呀？”她问。

“见到你就好得不得了。”他回答。真的，这是真的。他傻乎乎地咧嘴笑着，他没法更快乐了，咖啡厅迸发着快乐。他情不自禁地咧着嘴笑呀笑。

“来——来支烟……”他在口袋里摸索着烟盒。他必须给她点什么，奖励她如此活生生地出现在眼前。她咯咯笑着，嬉闹地推了推他。

“你算了吧！我——上班时抽烟！他们会开除我的，我数‘一，二’，数不到‘三’，就能听到‘出去！’他们会的！”

他想拥抱她，确认她是真实的——想抓住她灰色的工作服、握住她的手，而她唱起小调，转眼就去下一桌了。他看见她才想起来，他以为自己与人合伙害死了她。

她的意外复活是个奇迹。拉撒路[1]，她踩着吱嘎作响的黑鞋子摇摆而去，那鞋子经年累月已贴合了她年老而变形肿胀的脚，严丝合缝地包裹着腐臭的边边角角——那些肿块、裂缝、凸岛、凹湾。灰色的莱尔[2]丝袜在脚踝处随着步伐剧烈拉扯着。年岁、脂肪和生活压弯了她的脊背。她是活的。

活的。

他的心轻盈地跳跃，与橙汁玻璃瓶里的塑料橙子一同舞蹈。热水从水壶中飞流而下，化作喷泉令人欢欣；翻糖蛋糕上的杏仁蛋白花瓣抖动着欢乐的绿色生命；羊角酥飘扬着深沉喜悦的音符；手指泡芙——长长的法式闪电手指泡芙——在迷人的白色甜奶油的压力下爆破；火腿卷像狂喜的小猪崽从玻璃纸里跳跃出来；人造光形成的温和光球如同流星坠落。他觉得自己快乐得要发疯。

他走上街，感觉目眩神迷。街道闪耀着夏日尾声的光辉，擦身而过的女人都光彩照人，男人都高贵显赫，连狗都妙趣横生。

鱼贩子的橱窗看起来像沃恩[3]或特拉赫恩[4]笔下的幻景，迷幻的神秘主义先验景象。雪白纤薄的鲽鱼，玉米金的黑线鳕，

---

1 《圣经》中的人物，被耶稣复活。

2 莱尔线，一种光滑而坚韧的棉线，多用来织手套、袜子等。

3 亨利·沃恩（Henry Vaughan，1621—1695），英国玄学派诗人。

4 托马斯·特拉赫恩（Thomas Traherne，1636/37—1674），英国诗人、神学家。

一张一合的鸟蛤和被深海染成蓝黑色的贻贝，尖头对虾穿着武士的盔甲，就连笑嘻嘻的鱼贩子本人，都显得不太真实，带有几分超自然的意味。他们是另一个宇宙的理想形态，在那里，死去的女人在路上走着，时光可以倒流，空气中弥漫着可触可感的有形欢乐。石板四周簇生着茂盛的塑料欧芹，大理石上奇迹般地冒出极乐世界里的青翠草地，大理石仿佛是沃土。一个男孩系着鱼鳞闪烁的白色长围裙，从门口泼出一桶臭泔水，宛如一道流动着钻石、蛋白石、蓝宝石、祖母绿的瀑布——那是什么？是生命之水？瀑布打湿了莫里斯的裤子，可他毫不在意。

门口，一个脸上涂了乌贼墨的吉卜赛老妇人，肉汁色眼睛里满是哀戚，想卖给他一束大丽花。花茎上顶立着漂亮的深红色小脑袋，斑斑点点，有着天鹅绒的触感。他先是推开她向前走，而后又折回来，掏出口袋里所有的零钱，从她满满当当的筐子里买了四束花。她千恩万谢，将几把铁线蕨塞入他怀中。盛放的花草簇拥着他，他走在路上如同置身丰收节庆。

起初，他想把花送给咖啡厅的斯特勒尔布勒格，又怕太过招摇。他想，是否该送给埃德娜，感谢她的奉献？可她正与亨利·格拉斯同床共枕。也许这时，她刚被他撩醒，燃起复苏的情欲再次投入他的怀中。他们之间的债已一笔勾销。不送花给埃德娜了。还是把花带去店里送给艾米莉吧，因为无论如何他都必须去店里，告诉她他没有害死那个老妇人，可怜的醉鬼老太甚至不记得发生了什么，或只是当作醉酒后的梦魇抛诸脑后。

除此之外，他还得向蜂鹰告别。他意识到，自己想与蜂鹰告别。前一夜的事还历历在目（如今他越发觉得像一场噩梦），他心里明白开口并不容易。不过，此刻他心情愉悦，足以应对任何事。

他觉得自己的心情从未如此畅快。甚至此刻，阳光的灼热都在消退，以博取他的欢心。天空交映着深蓝与金色，树木日渐泛黄，商店橱窗里摆出了女士毛边大衣，女孩穿的裙子无精打采地垂着，似乎劳累过度，裸露的棕色胳膊燃烧了整个夏日，如今现出灰烬的气色。很快，天空将布满云彩，那便是名副其实的秋天了。他想为秋天的到来添置些新衣服，把自己的绿色夹克送给流浪汉。兴许还会为旅行刮一刮胡子。

店铺开着，前台却没人。他朝昏暗的里间走去，发现半开的后门里涌出滚滚浓烟。他拉开门，迎面撞上一堵黑色的烟墙，呛得他眼泪汪汪、咳喘连连。

待他恢复视力，用手帕护住嘴，他看见艾米莉跪在后院一个金属垃圾桶前，桶里燃着熊熊烈火，她身子前倾靠得极近，橘色的火焰吐出飞扬的火舌，几乎要舔到她熏黑的脸，滚滚浓烟幻化出戏剧般的效果。她像个女巫，用棍子搅动着大锅，他眼看她又扔进一抱色彩鲜艳的破布——绿色、猩红、黄色——在空中飘舞如洗衣日挂在绳上的衣物，下一秒便俯冲坠入火海炼狱。一浪烟尘扬起，她遁入其中。

当烟雾消散，她站在原地，用脏兮兮的指关节抹着淌着热泪的眼睛。她的头发根根竖立，像蓬蓬头彼得[1]，她的衣服、脸和胳膊全都污渍斑斑。

“噢，”她毫不惊讶地说，“是你呀，有什么事吗？”

他一言不发，将花递了过去。她面无表情地凝视了一会儿，耸了耸肩，推开他进屋去了。他跟着她上楼，进入蜂鹰的房间。他已然感到世界在他脚下塌陷。她还要干什么，天哪，还要干什么？

卧室里一片狼藉。墙上的紧身胸衣广告、照片、画作全被扯了下来撕得粉碎。蒲包草拗出了盆，躺在窗台上，根上裹着一团泥土，像捕熊夹。维多利亚女王的胸像碎成两半，滚进壁炉栅栏内。抽屉翻倒着，蜂鹰诡谲的服饰铺满了整张床。艾米莉抱起满满一怀衣服，转身又要下楼。

“胚胎标本去哪儿了？”他问。不在窗台上了。

“冲下马桶了，”她严厉地说，“那东西叫我恶心。让开。”

他跟着她下楼，铁线蕨撒了一路。她在后院将两件褶边衬衫和一件网眼背心塞进垃圾桶，翻了翻火。

“艾米莉，你在干吗？”他问。

“烧了他，烧了那个混蛋。把他烧个精光。”一件印着路德维希·冯·贝多芬画像的T恤丢进火中，她报复似的用棍子捣了捣贝多芬的脸，碎裂成一片黑灰。

---

1　出自德国作家海因里希·霍夫曼（Heinrich Hoffmann，1885—1957）1844年创作的同名童书。

“去把那些东西放进水槽，”她命令道，朝他的花点了点头，“是从吉卜赛人那儿买的吗？”

“是的。”

“他们卖的花都是从墓地偷的。放到水槽里去。”

他倒是想朝蜂鹰衣服的火葬堆扔上一束花，作为告别。可她的话不容置疑，他只能来到厨房，将可怜的大丽花和剩余的铁线蕨放进洗涤盆里接满水。他烧上一壶水，准备给艾米莉沏茶，希望茶能让她平静下来。等水开时，她楼上楼下跑了好几趟，窗外的烟柱继续爬升。茶沏好后，他在楼梯平台上截住她，递给她一杯茶。

“我还没烧完。”她没有接。她的气质变了，他认识的那个整洁、严谨、善良的艾米莉仿佛在体内沉睡，眼前这台莽撞破坏、一心复仇的机器接管了她的身体。他盼望着她能喝了茶，证明自己还是人类。

“喝了吧，能醒神。”他恳求着。

“不将他的破衣服全部销毁，我是不会停下的。”她的声音扁平单调，毫无生气。

“就休息一会儿吧，喝了这杯香喷喷的茶。”

令他欣慰的是，她呷了一口，他便趁势赶紧把她拉到厨房，让她坐在椅子上。

“艾米莉，现在可以说说发生了什么吧？”

她盯着他，熏得黑漆漆的脸上毫无表情。

“他走了。一个姑娘今早来找他。”

“一个姑娘？”莫里斯有种不祥的预感，“什么样的姑娘？”

“小小的，金发肤白，有一道很长很显眼的疤。茶不够甜。”

他又给她舀了一勺糖，搅拌均匀。她喝了一口，说话也流畅起来。

“这个女孩进来，告诉我他的事。他怎么用生锈的编织针弄得她流产，就在这张桌子上——”她的手重重压住桌子，就好像要进行驱魔仪式，“她的身体受了很大伤害，不能再生孩子了。”

“她说谎。”莫里斯闷声说。

“实际上，我也不信。我想了想的确难以相信。我觉得太夸张了，你懂的。”她说话不再那么紧张，也流畅了许多，只有身上的肮脏不整让她不适。她的动作像以往那样从容，表情也同样沉静。她咬着指甲，见指甲太脏，微微耸了耸肩。“她说话的样子真是古怪，扯着尖细的嗓子，哀伤又神经质，不停地说呀说。她说蜂鹰对她做的那些可怕的事，或早或晚也会发生在我身上。她还给我看了他俩的照片——”

“噢，天哪——”

“嗨，”她耸耸肩，“其实也没什么新鲜的。”

“噢。”

“我知道蜂鹰是那种——你知道吧？——渴望表现自己的人。照片中的她真好看，面容生得真美。她把她的脸，那可怕的、撕裂的、伤痕累累的脸，凑到我面前，说如果我做了他不满意的事，他也会像这样划破我的脸，比如我和其他人上床，或者怀孕。当时，听了这话我胃里翻江倒海。”

她镇静地又喝了些茶。莫里斯温柔地伸出手，搭在她胳膊上。她没有在意。

“然后她让我亲她，亲那伤疤。她说‘亲它，亲它，亲它’，径直向我凑过来。这时蜂鹰进来了，她一下子从我身边跑开，似乎忘记了我在场。她在他面前躺下，就躺在地上。那场面真是——”她努力搜寻合适的词，最终说出一个令人意外的无力之词，“令人不安。她说，‘我知错了，没有你我活不下去，你是我的主人，可以任意处置我。’这是她的原话，一字不差。‘你是我的主人。’而他只是大笑着。我一阵恶心，他却只顾着笑，戴上那顶湿漉漉的条纹帽子走了。就这样。他让我照顾好自己，就走了。没有说去哪里，也没有说是否回来，他就牵着她的手，一起上车开走了。就这样。”

她喝完茶，又倒了一些。莫里斯尴尬地说：“于是你要烧掉所有的东西？”

她用力摆动着没端杯子的那只手。

“噢，不，我烧衣服不是因为这个，是因为后来我去看了医生，那个恶心的混蛋把我的肚子搞大了。”

长久的沉默。她喝完第二杯茶。

“你确定？”莫里斯的声音沙哑粗粝。

“嗯……之前我就怀疑有了。所以昨晚我们那个之前没做任何措施，我想，‘哎，有什么必要呢’。医生说已经三个月了，我应该开始喝脱脂牛奶了之类的。他戴着一只塑胶大手套伸进我的体内，摸到就在那儿。好吧，真丢人，那手套。”她冷不丁地又来了句，“都是这样的，我也不能去起诉塑胶制品店对吧？”

莫里斯感觉又冷又饿，五脏六腑都被抽空了。这个天光大好、充满希望的早晨好似一棵圣诞树，如今树上的金箔和彩灯都被扯下，他注视着寒风中光秃秃的树枝，思索闪闪发光的东西都去了哪里。那个女人，那个从怪兽杂志中跑出来的魔鬼回来了，会发生什么？她带走了蜂鹰？蜂鹰走了，这是不是最难以忍受的？

“我希望她死掉。”他激愤地说。

“那不是她的错，”艾米莉说，“要是有人对我这么做，我也会疯了的。”

“做什么？”

“划破我的脸。是蜂鹰做的，是不是？”

“是的。她告诉你的？”

“不是，我猜的。你知道，我不是个傻子。在我这里，我和蜂鹰已经结束了。他可以继续对我吹口哨，但我不会理他了。”

“可是你说你怀孕了——”

“那是我自己的事，不是吗？”在她熏黑的脸上，粉嫩柔软的嘴唇与黑人歌手的嘴唇别无二致，抿成一条坚毅的细线，“它是在我体内，不是在他体内，对不对？”

一个小肉疙瘩，一朵玫瑰花蕾，一颗草莓，尚未成形，正在她腹中肥沃的土壤里生长。那是蜂鹰的孩子。

“你准备堕胎吗？”话说出口，他觉得自己太唐突、太残忍。她僵住，好似被他扇了一巴掌。

“不，我不要！我自己惹的事自己负责，多谢。”

“可是艾米莉——”

“即使他不让我怀孕，迟早也会有别人让我怀孕。所以不如我早点有自己的孩子。”

乡下人的宿命论。或是她刻意否认的天主教家庭对她残余的影响；或是她自身顽固淳朴的性情，认为不能夺去一条赐予你的生命，即使它尚未成形，只不过是一条长着鳍的小蝌蚪，在条纹毛衣下的水袋里游来游去。她务实又淡定，莫里斯脑中却一片空白，茫然无措。她平复下来，看了看壶里还有没有茶。没有了。她叹了口气，盖上壶盖。

“噢——我从医院回来时心情可糟了，”她说，“直到出结果前的最后一分钟，我都希望是自己搞错了。我甚至不怎么生蜂鹰的气，只是想把他那些破烂都毁了。我不知道我怎么了。我现在为自己感到羞愧，这真的不是他的错。有些事情就是这样。我不再爱他了。我的意思是，要是我还爱着他那就太可怕了，是不是？”

她似乎想证明自己已完全恢复，她走到水槽边，小心地将那盆花放在沥水板上，开始擦洗自己的手臂。

"我得去洗个澡。"她说。

"他有给我留什么话吗？"

"谁？蜂鹰？当然没有——为什么要给你留呢？昨晚他，"她轻轻地说，"对你可不怎么客气，你知道的。噢，他是个混蛋。谢天谢地我和他结束了。"

"你不该让他一个人走！"

"什么？"

"他不太对劲，需要帮助。他不该和吉斯莲一起走，我就知道。他——"

"他不是小孩子了。他想做什么是他的事，他想和那个疯女人走，那也全由着他，不是吗？"

"可我不知道他会对她干什么。噢，天哪，真希望我知道……他对我来说总是那么重要，就像我的左膀右臂。你不会把自己的手叫朋友，它就在那儿。手做事的时候，你也不会去问为什么——为何拿起东西，为何放下东西。他就像我的一只手，属于我，但我从不理解它是如何运作的。"

他开始大声地自说自话，孤零零地待在一边。艾米莉描画得粗重的眉毛下投来一记揣测、好奇的眼神。厨房里弥漫着卫宝香皂的味道。她脱下毛衣，开始清洗腋下。莫里斯还在没完没了地絮叨。

"我从未去想他，他总是在那儿。直到昨晚，昨晚……"

"还有一件事，"她说，"要是他不能尽快回来，我就会出去找他。”

“为什么？可你不是说——”

“我就是会去找他。我想要钱。说什么他也应该给我点钱回伦敦。我没有钱。”

“我也没有。”

“好吧。我今晚就回伦敦，去找我妈和我爸，蜂鹰会支付我的车费。他应该这么做。是他把我带到这儿的，对不对？”

她用毛巾擦干身子去换裙子。回来时她一袭粉衣，头发梳得一丝不苟。他从未见过如此整洁的她，令他目眩神迷。这是一次蜕变。她从碗橱里拿出鸡蛋。

“我们吃点东西吧。老天，我从没这么饿过。因为怀了孩子，今天早上吃什么都吐。现在我可饿狠了。”她敲开鸡蛋，切好面包，拿出黄油，迫不及待地嚼了几口面包屑。她甩了甩洗涤盆里的大丽花。“这是给我的吗？”

“我想是的。”买花的时候他心情愉悦。

“谢了。”她说。灿烂的笑容像水面上倒映着的初升的太阳——那致以特别之人的笑容——投向他的双眸。这是她第二次展露这种笑容，这次是为他。

# 十二

他去隔壁烟草店买烟，却看见门上挂着蓝色的帘子和告示牌，上面写着“休息中”。样品烟盒杂乱地摆着。他只好去一百码之外的杂货店，他偶尔也会去那儿买烟。

“街道那头的那个谁怎么了？”

杂货店老板放下手中切的培根，伤感地摇了摇头。

“走了，终于走了。走得安详，算是解脱了，不过当然，她一时难以接受。很突然，真的——没有任何预兆。你可能看见了，店没开。”

“可我昨天还去过——他什么时候走的？”

“昨晚。今早运到殡仪馆了。现在会有人来收拾，不像以前。记得我父亲，那可怜老家伙，在前厅停了五天——我们家总共就楼上楼下各两间房，家里有六个孩子。那年夏天特别热，就像今年这么热。好在现在不是以前了，丧事有人管了。”

莫里斯看着培根的粉肉和白膘。有人说，人肉吃起来像猪肉。食人族把人肉叫作“长猪”。

“他老婆怎么样？她看起来也不太好。”

“去了韦斯顿的妹妹家住，葬礼时再回来。她现在没有一点精气神儿，脸像床单一样惨白。要是不多加注意身体，很快也会不行的。总是接二连三的呀。”

“什么接二连三？”莫里斯疑惑地问。

“死呀，”店主收拾干净柜台上掉的几块奶酪碎渣，轻快地问，“那，您是要点什么呢？”

“噢……你这儿也卖烟吧？要二十支忍冬。”

这就是人发明香烟的目的，放松神经。此刻，莫里斯感觉从未如此迫切地需要抽支烟。

回到店里，一整天的时间艾米莉不停地使唤他干活，打扫她撕毁打碎的东西。她指导着他，两人一起用肥皂和温水擦墙，擦去蜂鹰贴在墙上奇怪的画报的残片。散落各处的假鼻子像一簇簇闪亮的小毒蘑菇，他们一一收拾好，放进抽屉里。艾米莉面无表情，把杂七杂八的物件搬到楼下店铺，挂起出售。她从裸体男孩雕像头上取下锦缎帽子，放进垃圾桶烧了，莫里斯想起吉斯莲曾在一张照片里戴过这顶帽子。这是艾米莉烧毁的最后一件东西。

她整理了那张大黄铜床，将床单翻了过来，双手叉腰，语气坚决地说：“我可再不会睡那东西了。”怀着几分愧疚，她抚平叠好她没有付之一炬的蜂鹰仅存的几件衣服，麻利地归置好她丢得东倒西歪的玩具。然而，莫里斯发现那个吉斯莲弹跳人偶不见了。艾米莉又洗了一次脸，又梳了一次头，用责备的口气问：“呵，看样子他不会回来了，是不是？你知道他在哪儿吗？”

莫里斯不安地动了动，想起昨晚他们遇见基督像时蜂鹰说的话。今早，吉斯莲请蜂鹰任意处置自己。这两件事合上了，不是没有可能，但着实让他惊恐。艾米莉的眼神那样威严，如同刑讯逼供，终于他不得不承认："我想我大概知道。"

"但你得明白，只是有可能。"他预先提醒。

"乞丐没什么可选的。我们现在就去。"

"不，现在不行——艾米莉，我一个人去就好。我会跟他解释，给你要来钱。那地方很远。而且他只是有可能在那儿，不一定。"

"我说'我们一起去'，我们俩。这是我的事，并不是你的事，对不对？我会先打包好行李，回来就可以直接回家了。"

她先用报纸包起裙子和毛衣，放进了粗呢包，以免在包里弄脏。又把牙刷和卫宝香皂（先用她的法兰绒洗脸巾裹住）放到一个深红色塑料洗漱包里，再放进粗呢包。最后她收起了装着化妆品和梳子的小塑料包。她的动作如芭蕾舞一样正规精准、分毫不差。她将自己在这间公寓的每处痕迹统统抹去，一根头发、一个口红印都没留下。

"好了。"

"我们必须等到天黑之后。"光天化日，莫里斯无法去那儿，即使蜂鹰可以。她点了点头，没有再追问，给她的猫喂下一碟放了半颗阿司匹林的牛奶。

"我想把我的东西先放在这儿，之后再来取。不会去很久的，对吗？”

“我不知道，”莫里斯说，“噢，待在这里吧，艾米莉——要是真能找到，他们俩肯定在一块儿，蜂鹰和吉斯莲。”

“那又怎样？”她说。

他们俩就这样一直等着，直到西方天空挂起一道徐徐下落的蓝灰色云门，才一同离开。覆盆子、杏子、蓝莓、香草，城市上方的天空轻柔地融化在冷饮机斑斓的色彩中，鳞次栉比的屋顶、烟囱、尖塔和骨白色的高楼大厦，面向日落一侧的窗户眨着红色的眼睛，地平线上绿地的甜美气息悬浮在温暖的空气中。夏日似乎在同自己告别，在夜晚来临之时赠予自己一抹留恋不舍、酸楚离情的金色微笑。

无言哀婉的光线好似照耀着一座死去的城市。这是美梦成真的城市之光。莫里斯感觉他就像一个影子，从闪着白莹莹、蓝幽幽光芒的电视机窗前飘过；窗内红、黄、粉色的塑料玫瑰在泛着釉光的花瓶里团团绽放；红色毛绒窗帘间，阿尔萨斯犬的石膏像若隐若现，像是在玩耍嬉戏。路上行人无几。一个穿短裤的女孩骑着崭新漂亮的自行车呼啸而过。一辆轮胎上装了防滑垫的汽车平稳驶过。仅此而已。

艾米莉大步行走，步伐严整有力，像受过训练的军人，两只手臂有节奏地摆动。柔顺的秀发在颈背上弹跳，丰硕的双乳稳健地起起伏伏。她走路的样子就像她确切知道目的地一样。她的步伐标准规范。他们一起走得越久，莫里斯就越觉得自己不再像影子。

他发现自己并不害怕。他太饿了，以至于没有精力去担心吉斯莲和蜂鹰见到艾米莉会有什么反应。他们将一同前去，艾米莉和他，前往那座有念珠的房子，他半猜半想地认为会在那儿找到蜂鹰，艾米莉会拿到应得的钱，而他自己，莫里斯，会安全地将她送回父母家中，之后也留在伦敦。他现在是个自由的男人了，可以为自己的未来谋划。如果有未来的话，他不是很确定。他想起有话想对艾米莉说，可他忘记了，他的记忆力在衰退，他忘记了……

"艾米莉，"他说，"我——我们……那个老妇人。她还活着。今天早上，我见到她了。我们没有害死她。"

他以为她听到这个消息会很高兴，而她只是揶揄道："知道了，知道了，还有别的吗？不过我也从没觉得你害死了她。一群傻瓜。"

她的无情和果断令他敬畏。他瞥了她一眼，看见她的嘴前所未有地紧闭着，像锁上又加上了挂锁。不知为何他脑海中浮现出维多利亚女王的胸像，他心想："好像从未见过艾米莉大笑。"这世上没有什么可以逗乐她。她毫不犹豫地将蜂鹰从心中、脑中切除，刻意将他拒之门外。莫里斯不知道她的爱意是否还会出让给别人，但她驱逐现有访客的速度和效率着实让他震撼。她真是波澜不惊。

甜美的夜晚渐渐浓稠，仿佛有人像熬果酱那样熬着夜。此刻火候已到，只待往碟子里舀出一勺。万物静谧。他们站在昨晚那条荒芜的街道上。

“我们这是去哪儿？”

“去这片的一座房子里。”

“哦。”

她跟着他进入闷热的黑暗中，像昨晚那样，他爬上第一座房子的房顶，顺着天窗进入第二座房子杂乱的阁楼。他在口袋里找到一截残余的蜡烛，还有他遗忘的娃娃头在他的手帕和几枚硬币旁滚动。娃娃对着他微笑，但他已不再想要，便丢在了地上。

封闭的黑暗中，他焦虑不安地怀疑自己是否搞错了。他猜想蜂鹰会记得那句玩笑，带吉斯莲来这个有基督受难像的房间，他确定……可是房子里悄无声息，也没有一丝光亮。

两人蹑手蹑脚又下了一段楼梯，莫里斯看见下方的门缝中漏出一圈黄色的痕迹。是烛光。他们必须小心脚步。

然而，两人并没有找到蜂鹰。他们只是发现这房间里摆放着折叠椅，数不尽的蜡烛用烛油固定在每一块平面上。室内光辉煜煜，寂静如此强烈，几乎能听得见。空气奋力保持着静默，却因这份张力而搏动。

蜡烛已燃去大半，滴下的蜡油像拖长的鼻涕，又像长流的热泪。高大的屋子里，弥漫着浓厚的脂油熔化的气味。墙面上每一片蛛网、每一条裂缝，在烛光照耀下如同错视画，被尽数放大，纤毫毕见。蜂鹰肯定是拿出了柜子里所有的蜡烛，擦亮火柴点燃了每一支。

一张折叠搁板桌放置在房间中央。莫里斯想不起这桌子原先是放在哪儿。桌上凸起一座小丘，上面盖着格子桌布。桌的四角立着燃烧的蜡烛。莫里斯痛苦地感受到了心脏的跳动。

“在这儿等一下。”他让艾米莉待在门口。她不屑地瞥了他一眼，和他一同来到桌子前。他不想让艾米莉看见桌布下的东西，正想把她挡在身后，她却越过他掀开了桌布。

吉斯莲赤身裸体地平躺着，双手交叉于胸前，乳头从指间探出，像白鼠探寻的小嘴。她合上的眼睛各压着两枚硬币，嘴唇轻启，喉咙上留着深深的黑色指印。莫里斯观察到，她的指甲咬至根部肉里，阴影抚平了脸颊上的凹凸，被铰掉的金发长过耳朵不到一英寸，柔软的金色绒毛覆着她静止的腹部——他第一次对她产生了纯粹的怜悯和柔情，不掺杂任何其他情绪。

突然，艾米莉冲到角落里，哗啦吐了一地。她在墙上靠了一会儿，手臂抱住腹部婴儿所在之处，似乎不愿让孩子看到眼前这一幕。莫里斯盖上吉斯莲。两人就这样站着，待蜡烛燃烧殆尽。

过了一会儿，艾米莉开口道：“是他干的。蜂鹰。”

“是的。”莫里斯说。

“为什么？”

“我不知道，他想这么做。”

他们的讲话声很轻，生怕吵醒了她。

“蜂鹰会被绞死的，或者被远远流放。”艾米莉说。

蜂鹰，像路西法[1]陨落之前那么聪明，却将被吊在绳子末端奄奄一息地迎接死亡，或在疯子中间度过余生，如果那能叫活着的话。他做了莫里斯一直想做却未曾实施的事……扼住吉斯莲的喉咙，让她再也不能发出小女孩咯咯的笑声，让她再也不能报时（她拖着降调，半点时叫莫里斯的名字，四十五分时叫蜂鹰的名字），用死亡永远堵上她双腿间渴望的大口，填满她的贪痴念想，让她咬到指甲根的小手再也不能小偷小摸，让她沉沉睡去。

“我曾经希望过，希望他这么做。”

他幻想吉斯莲在她自己的床上沉睡，搁浅在高耸的金发沙堆之间。再也不会。再也不会了。蜂鹰和吉斯莲是一对双生子，金发飘飘、花容月貌，在极致变态的嬉戏中焕发着放肆的天真。蜂鹰戴着歌舞帽在他眼前浮现，为他献上一支独舞。一对爱到彻骨的金童玉女同归于尽。

“是不是她爱他而他却不想要她？”艾米莉问，她总是笼统、简单地看待这个世界，就像歌谣中唱的那样。

（“可我也曾有这样恶毒的想法。我也难辞其咎。我早该猜到的，早该保护他——”）

---

1 基督教中的堕落天使，路西法率领三分之一的天使反叛，挑战上帝权威，因而被逐出天国，堕入凡间。

“不，他就是这样。他是个杀人犯。”

莫里斯突然意识到：“这么说，艾米莉正怀着杀人犯的孩子！”

他们落入时间的黑洞，一个仅剩恐怖的时空。色彩尽褪，归于黑白。有那么一瞬，他感觉自己似乎被螺丝旋进硕大的画框中，难以忍受的疼痛袭来，他清醒地知道自己要丧失理智了。

“我们得走了，”艾米莉冷静地说，“事已至此。”

“蜂鹰——”

“也许他不在这儿。”

就在这时，楼上传来一阵脚步声，他们立刻缩进门后。来人手中的烛火细如铅笔，引领他下了楼梯。他左手高举着蜡烛，没戴鸭舌帽和墨镜，可能落在了什么地方，也可能丢了。他的头发蔓生如疯了的奥菲利亚[1]，眼睛大得出奇，与他的脸很不相称。头骨的棱角透过皮肉清晰可见，平日熟悉的他荡然无存。白日的血肉剥离了骨头，夜晚的他只剩一具嶙峋的骨架，赤裸而本初，无从辨识。他压低嗓子唱着一首他们听不清的歌。

他的右臂抱着什么东西。当他靠近时，莫里斯看见是那尊基督石膏像。虽然只隔一两英尺，他却并未发现他们。他进了房间，拉上了身后的门。

意识中断。莫里斯记不清是如何从那座房子里逃出来的。

---

1 莎士比亚《哈姆雷特》中的人物，哈姆雷特的恋人，后来疯了。拉斐尔前派画家约翰·米莱曾创作过同名画作。

他们以慢动作移动着，恍惚得如梦似幻，来到户外，两人面面相觑，绝望而惊讶，好似海难的幸存者。艾米莉的裙子扯破了，丢了一只鞋。他看见她左脚的银指甲上闪烁着月光，头发上缠着蛛丝。

“可怜啊，可怜的姑娘。”她说着，弯下身子又吐了。莫里斯托住她湿冷的额头，直到她吐完擦了擦嘴。

“是因为孩子，孩子，”她坚称，“不是那景象让我恶心。我最近经常恶心。是因为孩子。”她突然喜极而泣，失声痛哭道，“噢，真高兴我有孩子了！”

可那是杀人犯的孩子！莫里斯心想。她笑了，笑容灿烂夺目，他意识到她是真心为怀孕而欢欣鼓舞，在她的心中，蜂鹰已与这个孩子无关。她喜笑颜开，不停地笑啊笑。面对她费解难懂、刀枪不入的单纯，他无能为力地钝化了自己的敏锐。她决定爱自己的孩子。仅此而已。

出于同一种单纯的冷酷，她说：“路上有电话亭，我看见了。我们必须报警。”

“不，”他说，“不能这么做。他病了，他毫无防备。”

“他们会照看他的，”她说，“我们必须纠正这一切，这才是正确的。为了我的孩子。”

她没有等他，光着一只脚一瘸一拐地往电话亭去了。莫里斯的脑中一遍又一遍地闪过一个画面——戴着开心帽的蜂鹰，在他面前跳着舞。他想起他们的拥抱，感受到蜂鹰剧烈的心跳，又是如何把蜂鹰推开。难道这是那个女孩此刻躺在那儿死去的原因吗？她生前莫里斯如此怕她，将她交给蜂鹰时说“给她一点教训”。如今她死了，是因为他拒绝了蜂鹰？是这样吗？为什么他与蜂鹰捆绑在一起——“我岂是看守我兄弟的吗？”[1] 该隐[2] 如是说，藏着叛逆之心的该隐。

艾米莉走进电话亭，拿起话筒，准备告密。

“不，艾米莉！不！”

他踉跄着奔跑过来，试图阻止她，待他赶到电话亭，她已拨通了号码，正对着话筒讲话。无能为力的愤怒袭来，他只能用拳头击打玻璃。什么都做不了——他是不是什么都做不了？他松开拳头，他的牙痛（噢为什么，为什么是现在？）在他的脑中以渐高的音量尖叫着。他什么都做不了，在恼人的疼痛中他渐渐意识到，除非去做那件不敢想象的事。

“我必须回去找他。可我做不到，我怎么能……？”

他浑身大汗，颤抖不已，同自己的懦弱做斗争，试图否认他面临的抉择。他可以做那不敢想象的事。这是他一生中的高潮，他需要对自己诚实。此刻，他不必做回自己，倒是可以做一次英雄。然而，旧的莫里斯异常顽固，我军的力量将他拉向这边，敌军的力量又将他扯向那边。

---

1　出自《圣经·旧约·创世记》。

2　该隐，亚当和夏娃之子，因憎恶弟弟亚伯，将亚伯杀害，受到上帝的惩罚。

回到那座房子里，抛下明亮的街灯和甘醇的微风，像俄耳甫斯一样步入死亡的阴森冥府（很久很久以前，拍卖厅的一本书上有乌贼墨印制的版画，画中的俄耳甫斯鼻梁挺拔，一头鬈发，怀抱竖琴），去拯救或是摧毁挚爱的同伴；或是屈从于旧的自我，待在外面，任凭真实世界席卷一切，只是站在那儿抽噎哀泣，承认它凌驾于自己的权威。

真实世界如今在哪儿呢？他眼前浮现出这番景象：静寂的房子里烛光摇曳，还有桌布下的姑娘。在这个超越时空的新维度里，他，莫里斯，可以真正成为英雄。

“我七岁时，世界在我头顶陷落，”他想，“如今，世界再次陷落，而我还在这里，我有足够的勇气走进废墟吗？”

灾难尘埃落定后，他将会发现自己孤身一人，前所未有的孤寂袭来，同他做伴的只有“自己是英雄”这一新的念头。也许这就足够？

“蜂鹰依旧是蜂鹰，某些方面肯定不会变，虽然他已经疯了，无人认得。即使艾米莉背叛他，我也不能。我怎么能背叛他呢？”

他做出了选择，转身回去。他扭头喊了声“再见”，尽管艾米莉听不到。他面向前方，双脚沉重，步履缓慢。今天早晨，他曾踏着轻快的行军步伐，奏着欢乐的凯旋之歌。此刻，晨光已逝，黑夜已至，凯旋之歌一曲终了，只听得步履缓缓的送葬队击着单调沉闷的鼓声。

艾米莉走出电话亭，突然又一阵恶心。她跪在人行道上，似乎连心脏要一起呕出。她跪在一摊呕吐物里。

莫里斯消失在重重暗影之中。

（全文完）

影子之舞

产品经理｜刘洪胜　监制｜黄圆苑　装帧设计｜broussaille 私制　责任印制｜刘世乐　出品人｜于桐

**图书在版编目（CIP）数据**

影子之舞 / (英) 安吉拉 · 卡特著 ; 刘慧宁译 . --
成都 : 四川文艺出版社 , 2021.7
ISBN 978-7-5411-6036-3

Ⅰ . ①影… Ⅱ . ①安… ②刘… Ⅲ . ①长篇小说—英
国—现代 Ⅳ . ① I247.5

中国版本图书馆 CIP 数据核字 (2021) 第 105570 号



图字: 21-2021-156

YINGZI ZHI WU

影子之舞

〔英〕安吉拉·卡特 著　刘慧宁 译

出 品 人　张庆宁
责任编辑　邓　敏
装帧设计　broussaille 私制
责任校对　汪　平
出版发行　四川文艺出版社（成都市槐树街 2 号）
网　　址　www.scwys.com
电　　话　028-86259287（发行部）　028-86259303（编辑部）
传　　真　028-86259306
印　　刷　北京盛通印刷股份有限公司
成品尺寸　128mm×198mm
开　　本　32 开
印　　张　6.5
字　　数　130 千
版　　次　2021 年 7 月第一版
印　　次　2021 年 7 月第一次印刷
印　　数　1—7,500
书　　号　ISBN 978-7-5411-6036-3
定　　价　48.00 元